COLLECTION
FOLIO BILINGUE

Jack Kerouac

Satori in Paris
Satori à Paris

Traduit de l'américain
par Jean Autret
Traduction révisée, préfacée et annotée
par Yann Yvinec

Gallimard

PRÉFACE

Satori à Paris est le récit du voyage en France que Jack Kerouac effectue en 1965 dans un but clairement défini : « J'étais venu en France et en Bretagne uniquement pour opérer des recherches sur ce vieux nom qui est le mien. » Si le songe des origines est plutôt commun, il n'en est pas moins des plus troublants, selon Yves Buin, l'un des biographes de l'écrivain américain : « C'est un saut dans l'inconnu, un énoncé du pays des ombres, un séjour fictif parmi ceux qui, il y a bien longtemps, nous ont inscrits dans une histoire à venir, la nôtre, dont nous constituons, pour nous-mêmes, le point final très provisoire[1]. » Passionné donc par la recherche de ses origines (« Parlons plutôt de mes origines bretonnes », lui arrive-t-il de dire aux journalistes qui l'interrogent, à l'époque, sur sa postérité beatnik), Kerouac avait chargé, quelques années auparavant, son ami John Montgomery, alors bibliothécaire à Berkeley, d'effectuer des recherches à ce sujet. Si la migration des Kerouac de la Bretagne vers le Canada semble établie, toute autre hypothèse ou information reste encore imprécise ou relève de la légende familiale. De ce fait, Kerouac aspire à traverser l'Atlantique pour consul-

1. Yves Buin, *Kerouac*, Gallimard, Folio biographies, 2006, p. 11.

ter les archives et trouver des traces écrites. L'idée de ce voyage mûrit l'hiver précédent, chez lui en Floride, à la lecture de Voltaire, Chateaubriand et Montherlant : étudiant les cartes, il décide « d'aller à pied partout, de manger, de retrouver la patrie de [ses] ancêtres à la Bibliothèque, et puis de [se] rendre en Bretagne, là où ils avaient vécu et où la mer, à n'en point douter, baignait encore les rochers ».

Les informations dont dispose Kerouac sont assez réduites : il dit s'appeler Jean-Louis Lebris de Kerouac. Baptisé en réalité Jean-Louis Kirouac, il est le fils de Léo-Alcide Kirouack, né en terre canadienne, tout comme sa femme Gabrielle-Ange Lévesque, et qui changea plus tard son nom de famille pour Kérouack. Vivant au sein de la communauté franco-canadienne de Lowell dans le Massachusetts, le jeune Kerouac, surnommé Ti-Jean, est élevé en français à la maison. Il lui faudra quelques années pour devenir bilingue, après qu'il aura commencé de fréquenter l'école publique dont l'enseignement se déroule en anglais. L'écrivain pense que Kerouac a été ajouté à son nom lorsque ses ancêtres sont arrivés au Canada et il sait également que la langue parlée en Cornouailles anglaise s'appelle le kernuak, ce qui le conduit à vouloir se rendre en Angleterre lors de son voyage. Ces éléments sont insuffisants pour orienter précisément ses investigations quand il arrive à Paris. Il mène tout d'abord son enquête dans les bibliothèques de la capitale. Il cherche la trace de François Louis-Alexandre Lebris de Kerouac qui, selon les informations véhiculées par sa famille, se serait rendu au Québec pour combattre dans l'armée de Montcalm en 1756. Ses recherches se révèlent infructueuses à la Bibliothèque nationale ainsi qu'à la bibliothèque Mazarine. Il ne rencontre pas plus de succès aux Archives

nationales. Abusant du cognac et de la bière, il est peu secondé par les bibliothécaires, qu'il effraie et rebute : « [...] *naturellement, ils sentaient tous mon haleine alcoolisée et me prenaient pour un fou* [...] *ils ne m'ont pas apporté ces livres.* » *L'écrivain décide alors de se rendre à Brest. Il manque son avion et doit effectuer le parcours en train. Peut-être est-ce à cette occasion qu'il reçoit une sorte d'illumination, un* satori, *qui, explique-t-il, l'a* « *transformé, orienté dans une direction qu'*[il va] *suivre pendant sept ans ou plus* ». *Kerouac occupe le long trajet à partager quelques bouteilles avec l'un de ses compagnons de voyage. Parvenu à destination dans un état tel qu'il ne parvient pas à poursuivre de façon rationnelle sa quête, il erre tout d'abord dans les rues de la ville, sans bagages et à la recherche d'un hôtel. Le hasard va ensuite le mener vers une nouvelle rencontre. Lorsqu'il explique à Georges Didier, présenté dans* Satori à Paris *sous les traits de Fournier, patron turfiste du* Cigare, *qu'il porte le patronyme de* Le Bris *et qu'il cherche à trouver d'autres personnes ayant ce même nom, celui-ci le met en relation avec Pierre Le Bris, propriétaire de la renommée librairie de la Cité à Brest. Présenté dans le récit de Kerouac comme un restaurateur* (Ulysse), *le libraire reçoit l'écrivain chez lui, alité, tandis qu'il se remet à peine d'une opération. Une certaine complicité s'installe entre les deux hommes. Le Bris, féru de généalogie, montre à Kerouac le résultat des recherches qu'il a effectuées sur sa propre famille, mais celui-ci n'y figure pas. Il confia par la suite :* « Quelque temps plus tard, j'ai bien cru que nous avions une origine commune quand j'ai découvert à deux pas de la ferme familiale, à Plomelin (Finistère-Sud), un étang portant le nom de Kervoac'h. C'était une fausse piste. » *Quant à Kerouac, qui s'en retourne à Paris presque aussi vite qu'il est arrivé, décidant de façon impulsive d'attraper sans*

attendre un avion pour la Floride, il remerciera Pierre Le Bris, son hôte d'un jour, en lui écrivant après son retour, dans son français « canuck » et parfois approximatif : « Keroack ou Keroac'h ou Kirrouack ou Karouac'h ou Kirouac ou Kérouac […] assure vous, Monsieur, de ma sincérité, mon intérêt dans votre grande élégance, ma honneteté et mes espérances pour votre bonne santé après votre maladie. Surement j'été traitée comme un prince dans votre maison[1]. »

Dans la dernière partie de sa vie, Kerouac demeure encore obnubilé par la recherche de ses ancêtres : il veut toujours savoir d'où il vient. En 1968, il rencontre l'un de ses parents de Montréal, l'abbé Gérard Lévesque. Celui-ci raconta : « La conversation, entièrement en français, s'est amorcée sur un bref échange de renseignements sur nos familles respectives et les ancêtres Kerouac. Comme ce sujet l'intéressait depuis longtemps, Jean-Louis m'a exprimé son intention de venir au Québec dès l'année suivante si tout le favorisait, la santé de sa mère surtout ; c'était son désir de se rendre au pays de ses ancêtres, aux lieux mêmes d'origine de son père et de sa mère[2]. » Kerouac a aussi en projet de retourner en Bretagne en compagnie du sculpteur, poète et musicien Youenn Gwernig, avec qui il s'est lié d'amitié quelques années plus tôt à New York, lorsque ce dernier séjournait aux États-Unis. Alors que Gwernig a déjà acheté les billets d'avion, Kerouac renonce au voyage, arguant du travail qu'il a

1. Interview de Georges Didier, Pierre Le Bris et lettre de Jack Kerouac à Pierre Le Bris citées par Hervé Quéméner et Patricia Dagier, dans *Jack Kerouac, Au bout de la route... la Bretagne*, An Here, 1999.
2. Témoignage communiqué à Hervé Quéméner et Patricia Dagier par l'Association des familles Kerouac.

en cours et de la santé fragile de sa mère : « Les éditeurs attendent que je leur remette mon travail [...]. Mémère est rentrée de l'hôpital et Stella a besoin qu'on l'aide un peu. » L'occasion est manquée, mais l'écrivain pense qu'il s'en trouvera d'autres. Il prévient plus tard son ami : « Je voudrais que tu commences à songer à l'été prochain au Huelgoat [...]. Il y a évidemment un livre que je dois achever sur la belle chère Bretagne[1]. » Son vœu ne sera pas exaucé puisqu'il meurt en 1969, miné par la solitude et rongé par l'alcool ; il n'est alors âgé que de quarante-sept ans.

Coïncidence étonnante, Huelgoat, commune du Finistère où Youenn Gwernig souhaite faire venir son ami, est aussi le lieu de naissance de l'ancêtre dont Kerouac est à la recherche. L'un comme l'autre l'ignore. C'est en effet trente-cinq ans plus tard que le mystère sur les origines de Kerouac sera levé par Patricia Dagier. À la demande des quelque trois mille membres de l'association des Kerouac/Keroack/Kirouac d'Amérique, son travail de généalogiste lui a permis, après trois années consacrées à explorer les archives bretonnes et québécoises, de remonter jusqu'à Urbain-François Le Bihan de Kervoac, né en 1706. Celui-ci, fils d'un notaire de Huelgoat, émigre vers le Nouveau Monde aux alentours de sa vingt-cinquième année, chassé par un scandale. Accusé de vol, à tort, puis acquitté au tribunal, il subit des pressions pour quitter l'office notarial de son père, dont la réputation pourrait être ternie par l'affaire. Il se rend en Nouvelle-France, au Canada. C'est de lui, de cet ancêtre venu du Vieux Monde, que l'auteur de Sur la route tient son nom de

---

1. Lettres de Jack Kerouac à Youenn Gwernig parues en français dans la revue *Bretagne*, nº 4, automne 1976, citées par Hervé Quéméner et Patricia Dagier, *Jack Kerouac...*, *op. cit.*

famille, et son père avait raison de lui répéter : « Ti-Jean, n'oublie jamais que tu es breton. »

Satori à Paris *est rédigé en quelques jours au retour de Kerouac en Floride. Il s'agit, selon son auteur, de « prouver une chose : quels que soient la manière dont vous voyagez et le "succès" de votre périple, même si vous devez l'écourter, vous apprenez toujours quelque chose, et vous apprenez à vous changer les idées ». L'écrivain explique qu'il fait ce récit « uniquement par amitié, ce qui est, parmi beaucoup d'autres, une définition (celle que je préfère) de la littérature : un récit que l'on fait par amitié, et aussi pour apprendre aux autres quelque chose de religieux, une sorte de respect religieux de la vie réelle, dans ce monde réel que la littérature devrait refléter (ce qu'elle fait ici) ».*

Ensuite, prévoit Kerouac, « je la bouclerai ; les histoires fabriquées, les contes romanesques où l'on essaie de voir ce qui se passerait SI, c'est bon pour les enfants, pour les adultes demeurés qui ont peur de se lire dans un livre, tout comme ils pourraient avoir peur de se regarder dans la glace quand ils ont une maladie, une blessure, la gueule de bois ou le cerveau fêlé ». Cette manière particulière d'aborder son travail d'écriture a toujours prévalu chez Kerouac, ainsi qu'il l'avait déjà énoncé auparavant : « J'eus cette vision : une vie consacrée à écrire ce que j'avais vu de mes propres yeux, raconté à ma façon, dans le style que j'aurai choisi à vingt et un ans, à trente ou quarante, ou même à quelque âge plus avancé, une œuvre qui portera témoignage sur l'histoire contemporaine pour que les générations futures sachent ce qui se passait réellement et ce que les gens pensaient vraiment. » Concernant la forme, pour l'auteur de On the Road, *qui se trouve dans un état d'écriture permanent, il faut*

s'exprimer, dans la mesure du possible, « comme si on était le premier au monde à mettre humblement et sincèrement sur le papier ce qu'on a vu et vécu, aimé et perdu, ses pensées, ses peines et ses désirs ; et tout cela, on doit le dire en prenant soin d'éviter les phrases communes, l'utilisation de clichés et autres inepties. Il faut combiner Wolfe, Flaubert et Dickens. Il n'y a d'art que celui qui découle de la nécessité. Une telle origine en garantit la valeur. Il n'y en a pas d'autres [...], dire vraiment ce qui est dit une seule fois seulement de cette manière, et ne peut jamais être retrouvé, car chaque instant est compté ».

Lorsqu'il rédige Satori à Paris, Kerouac est déjà un écrivain consacré : son roman Sur la route, paru en 1957, lui a permis d'accéder à la notoriété. Six de ses livres ont été traduits en français, nous apprend-il, lorsqu'il se rend chez Gallimard, son éditeur, lors de son séjour en France. Et son style, singulier, est déjà forgé. Se moquant de l'imperfection, il n'a pour autre but que de saisir un événement, une image, un instant, les bruits qui l'entourent en empoignant instinctivement les mots. Il n'est point question, alors, de corriger ni de réécrire, pour ne pas entamer « la pureté fugitive de l'instant », le lecteur éprouvant parfois l'impression d'assister à « la naissance de la forme plutôt qu'à son achèvement[1] ». Certains chapitres et certaines scènes vécues lors de son périple rocambolesque viennent à l'écrivain et sont livrés tel un solo de jazz, forme musicale pour laquelle il se passionna. Dans un souffle que les vapeurs d'alcool ne contribuent pas à clarifier (« la confuse multitude des événements », note-t-il lui-même, se remémorant son voyage en France), il laisse monter le flot de mots contenus en lui, montrant au passage son besoin de sympathie et de chaleur humaine,

---

1. Yves Le Pellec, *Jack Kerouac*, Belin, 1999, p. 117.

lui qui s'est senti « l'homme le plus solitaire de Paris ». Les conversations qu'il provoque au moindre prétexte et les contacts qu'il noue avec des voyageurs dans le train de Brest, des chauffeurs de taxis parisiens et bretons (peut-être une cause de son satori) ou avec les clients des hôtels, des bars et des restaurants croisés dans les lieux de ses pérégrinations montrent ce qu'était la folie de cet homme pénétré par l'écriture jusqu'au plus profond de lui-même, prêt à tenter toutes les expériences : un énorme besoin d'amour.

YANN YVINEC

Satori in Paris
Satori à Paris

1

Somewhere during my ten days in Paris (and Brittany) I received an illumination of some kind that seems to've changed me again, towards what I suppose'll be my pattern for another seven years or more : in effect, a *satori* : the Japanese word for "sudden illumination," "sudden awakening" or simply "kick in the eye."—Whatever, something *did* happen and in my first reveries after the trip and I'm back home regrouping all the confused rich events of those ten days, it seems the satori was handed to me by a taxi driver named Raymond Baillet,

1

Quelque part, pendant ces dix jours passés à Paris (et en Bretagne) j'ai reçu une sorte d'illumination qui, semble-t-il, m'a une fois de plus transformé[1], orienté dans une direction que je vais sans doute suivre, cette fois encore, pendant sept ans ou plus : bref, ç'a été un *satori* : mot japonais désignant une « illumination soudaine », un « réveil brusque » ou, tout simplement, un « éblouissement de l'œil ». — Appelez ça comme vous voudrez, mais il s'est bel et bien passé quelque chose ; et lors de mes premières rêveries, le voyage terminé, une fois rentré chez moi, alors que j'essaie de mettre de l'ordre dans la confuse multitude des événements de ces dix jours, il me semble que le satori a été provoqué par un chauffeur de taxi nommé Raymond Baillet ;

---

1. *To've* : *to have.*

other times I think it might've been my paranoiac fear in the foggy streets of Brest Brittany at 3 A.M., other times I think it was Monsieur Casteljaloux and his dazzlingly beautiful secretary (a Bretonne with blue-black hair, green eyes, separated front teeth just right in eatable lips, white wool knit sweater, with gold bracelets and perfume) or the waiter who told me *"Paris est pourri"* (Paris is rotten) or the performance of Mozart's *Requiem* in old church of St. Germain des Prés with elated violinists swinging their elbows with joy because so many distinguished people had shown up crowding the pews and special chairs (and outside it's misting) or, in Heaven's name, *what?* The straight tree lanes of Tuileries Gardens? Or the roaring sway of the bridge over the booming holiday Seine which I crossed holding on to my hat knowing it was not the bridge (the makeshift one at Quai des Tuileries) but I myself swaying from too much cognac and nerves and no sleep and jet airliner all the way from Florida twelve hours with airport anxieties, or bars, or anguishes, intervening?

d'autres fois, je crois que ce pourrait bien être cette peur paranoïaque éprouvée dans le brouillard des rues de Brest en Bretagne à trois heures du matin ; d'autres fois, je me dis que c'est M. Castel-jaloux et sa secrétaire, jeune femme d'une éblouissante beauté (une Bretonne aux cheveux bleu-noir, aux yeux verts, aux dents bien séparées sur le devant, tout à fait à leur place au milieu de lèvres savoureuses, avec son pull blanc en laine tricotée, ses bracelets en or et son parfum), ou le garçon de café qui m'a dit : « *Paris est pourri* », ou le *Requiem* de Mozart joué dans la vieille église de Saint-Germain-des-Prés par des violonistes exultants, dont les coudes s'agitaient en cadence, joyeusement, parce qu'un grand nombre de gens distingués étaient venus s'entasser sur les bancs et les chaises apportés spécialement pour la circonstance (et dehors, il y a du brouillard) ; ou alors, au nom du ciel, ça pourrait être quoi ? Les allées d'arbres rectilignes du jardin des Tuileries ? Ou les oscillations vrombissantes de ce pont qui enjambait la Seine pleine des échos de ce jour de fête, et que j'ai traversé en me cramponnant à mon chapeau, sachant bien que ce n'était pas le pont (le pont de fortune du quai des Tuileries) mais moi, en personne, qui vacillais, sous l'effet de l'abus de cognac, de l'énervement, de l'insomnie, de ce voyage de douze heures en jet depuis la Floride, terrassé par l'angoisse de l'aéroport ou des bars ou par l'anxiété ?

As in an earlier autobiographical book I'll use my real name here, full name in this case, Jean-Louis Lebris de Kérouac, because this story is about my search for this name in France, and I'm not afraid of giving the real name of Raymond Baillet to public scrutiny because all I have to say about him, in connection with the fact he may be the cause of my satori in Paris, is that he was polite, kind, efficient, hip, aloof and many other things and mainly just a cabdriver who happened to drive me to Orly airfield on my way back home from France : and sure he wont be in trouble because of that—And besides probably never will see his name in print because there are so many books being published these days in America and in France nobody has time to keep up with all of them, and if told by someone that his name appears in an American "novel" he'll probably never find out where to buy it in Paris, if it's ever translated at all, and if he does find it, it wont hurt him to read that he, Raymond Baillet, is a great gentleman and cabdriver who happened to impress an American during a fare ride to the airport.

Compris ?

Comme dans un livre antérieur, une autobiographie, je prends ici mon nom véritable, c'est-à-dire, en l'occurrence, mon nom complet : Jean-Louis Lebris de Kérouac, parce que ce récit concerne les recherches que j'ai effectuées en France à propos de ce nom, et je n'ai pas peur de livrer à la curiosité publique la véritable identité de Raymond Baillet, car tout ce que j'ai à dire en relation avec le fait qu'il fut peut-être la cause de mon satori à Paris, c'est qu'il a été poli, aimable, efficace, « hip », réservé, et bien d'autres choses encore ; et surtout, simplement, qu'il a été le chauffeur de taxi que le hasard a désigné pour me conduire à l'aéroport d'Orly quand j'ai pris la route du retour ; et ce n'est certes pas cela qui va lui attirer des ennuis. — D'ailleurs, il ne verra probablement jamais son nom imprimé : on publie tant de livres, à l'heure actuelle, en Amérique et en France, que personne n'a le temps de les lire tous, et si quelqu'un lui dit que son nom figure dans un « roman » américain, il ne réussira sans doute jamais à savoir où l'acheter à Paris, si l'on en fait un jour la traduction ; s'il le trouve, il ne se formalisera pas de lire que lui, Raymond Baillet, est un grand monsieur, et un fameux chauffeur de taxi, qui, un beau jour, a produit une forte impression sur un Américain, qu'il emmenait[1] à l'aéroport.

Compris ?

---

1. *Fare ride* : trajet payant ; *the fare* : le prix de la course.

2

But as I say I dont know how I got that satori and the only thing to do is start at the beginning and maybe I'll find out right at the pivot of the story and go rejoicing to the end of it, the tale that's told for no other reason but companionship, which is another (and my favorite) definition of literature, the tale that's told for companionship and to teach something religious, of religious reverence, about real life, in this real world which literature should (and here does) reflect.

In other words, and after this I'll shut up, made-up stories and romances about what would happen IF are for children and adult cretins who are afraid to read themselves in a book just as they might be afraid to look in the mirror when they're sick or injured or hungover or *insane*.

3

This book'll say, in effect, have pity on us all, and dont get mad at me for writing at all.

Mais je l'ai dit, je ne sais comment il est venu, ce satori ; la seule chose à faire est donc de commencer par le commencement ; et alors peut-être vais-je trouver, au pivot même de l'histoire ; et je terminerai alors, le cœur joyeux, ce récit que je fais uniquement par amitié, ce qui est, parmi beaucoup d'autres, une définition (celle que je préfère) de la littérature : un récit que l'on fait par amitié, et aussi pour apprendre aux autres quelque chose de religieux, une sorte de respect religieux de la vie réelle, dans ce monde réel que la littérature devrait refléter (ce qu'elle fait ici).

En d'autres termes, après ça, je la bouclerai ; les histoires fabriquées, les contes romanesques où l'on essaie de voir ce qui se passerait si, c'est bon pour les enfants, pour les adultes demeurés qui ont peur de se lire dans un livre, tout comme ils pourraient avoir peur de se regarder dans la glace quand ils ont une maladie, une blessure, la gueule de bois ou le *cerveau fêlé*.

3

Ce livre va dire, en effet, ayez pitié de nous tous, et ne vous fâchez pas contre moi parce que j'ai l'audace de prendre la plume.

I live in Florida. Arriving over Paris suburbs in the big Air-France jetliner I noticed how green the northern countryside is in the summer, because of winter snows that have melted right into that butterslug meadow. Greener than any palmetto country could ever be, and especially in June before August (Août) has withered it all away. The plane touched down without a Georgia hitch. Here I'm referring to that planeload of prominent respectable Atlantans who were all loaded with gifts around 1962 and heading back to Atlanta when the liner shot itself into a farm and everybody died, it never left the ground and half of Atlanta was depleted and all the gifts were strewn and burned all over Orly, a great Christian tragedy not the fault of the French government at all since the pilots and steward's crew were all French citizens.

The plane touched down just right and here we were in Paris on a gray cold morning in June.

In the airport bus an American expatriate was calmly and joyfully smoking his pipe and talking to his buddy just arrived on another plane probably from Madrid or something.

J'habite en Floride. Arrivant au-dessus de la banlieue parisienne, dans un grand jet d'Air-France, j'ai été frappé par la couleur verte de la campagne du Nord en été ; ce sont les neiges d'hiver qui ont fondu dans cette prairie molle comme du beurre[1]. Plus verte que ne pourrait l'être n'importe quelle terre à palmiers, surtout en juin, avant qu'août ait tout desséché. L'avion a touché le sol sans anicroche « géorgienne ». Je fais allusion, ici, à cet appareil plein de citoyens d'Atlanta[2], des gens respectables et estimés, qui repartaient vers leur ville, tout chargés de cadeaux, en 1962[3], je crois, quand l'avion a heurté une ferme ; et tout le monde a été tué ; il n'avait même pas décollé du sol, et la moitié d'Atlanta s'est trouvée vidée, et les cadeaux jonchaient le sol d'Orly, dévorés par les flammes, une grande tragédie chrétienne ; mais le gouvernement français n'y était pour rien puisque les pilotes et l'équipage de stewards étaient tous citoyens français.

L'avion a atterri sans histoire, et on s'est retrouvés dans Paris, par un matin froid et gris de juin.

Dans le bus de l'aéroport, un expatrié américain fumait sa pipe avec une joie calme, tout en causant avec son pote qui venait de débarquer d'un autre avion, venu de Madrid, probablement, ou d'un autre endroit similaire.

---

1. *Slug* : limace.
2. Atlanta est la capitale de l'État de Géorgie, dans le sud-est des États-Unis.
3. Le 2 juin 1962, un Boeing d'Air France ne parvint pas à décoller. L'accident fit cent trente victimes.

In my own plane I had not talked to the tired American painter girl because she fell asleep over Nova Scotia in the lonesome cold after the exhaustion of New York City and having to buy a million drinks for the people who were babysitting there for her—no business of mine anyhow. She'd wondered at Idlewild if I was going to look up my old flame in Paris :– no. (I really shoulda.)

For I was the loneliest man in Paris if that's possible. It was 6 A.M. and raining and I took the airport bus into the city, to near Les Invalides, then a taxi in the rain and I asked the driver where Napoleon was entombed because I knew it was someplace around there, not that it matters, but after a period of what I thought to be surly silence he finally pointed and said *"là"* (there).

I was all hot to go see the Sainte Chapelle where St. Louis, King Louis IX of France, had installed a piece of the True Cross. I never even made it except ten days later zipping by in Raymond Baillet's cab and he mentioned it. I was also all hot to see St. Louis de France church on the island of St. Louis in the Seine River, because that's the name of the church of my baptism in Lowell, Massachusetts.

1. Idlewild Airport, le nom originel du principal aéroport de New York, rebaptisé depuis John Fitzgerald Kennedy International Airport.
2. *Shoulda* : *should have.*

Dans mon avion, je n'avais pas pu parler à cette Américaine fatiguée, une femme peintre, parce qu'elle s'était endormie au-dessus de la Nouvelle-Écosse, dans le froid de la solitude, après l'épuisement causé par la vie à New York et par l'obligation de payer un million de verres à ceux qui étaient venus la cajoler, pas mes oignons, de toute manière. Elle s'était demandé à Idlewild[1] si j'allais retrouver mon « ancienne » à Paris : — non. (J'aurais dû[2], en fait.)

Car j'ai été l'homme le plus solitaire de Paris, si la chose est possible. À six heures du matin, sous la pluie, j'ai pris le bus de l'aéroport pour entrer en ville, près des Invalides ; et puis je suis monté dans un taxi sous la pluie et j'ai demandé au chauffeur où était le tombeau de Napoléon ; je savais que c'était dans les parages. Non que je tenais vraiment à le savoir, d'ailleurs. Bref, au bout d'un moment de silence que je croyais hostile, il a fini par pointer le doigt en disant : « *là* ».

Je brûlais d'aller voir la Sainte-Chapelle où Saint Louis, le roi Louis IX de France, avait déposé un bout de la Vraie Croix[3]. Je n'y ai jamais réussi, sauf dix jours plus tard, en passant devant, dans le taxi de Raymond Baillet ; il me l'a montrée. Je mourais d'envie de voir aussi l'église Saint-Louis-de-France, dans l'île Saint-Louis, sur la Seine, parce que c'est le nom de l'église où j'ai été baptisé à Lowell[4], Massachusetts.

---

3. Louis IX de France (Saint Louis) acquit un morceau de la Vraie Croix (dite également « Sainte Croix ») ainsi que d'autres reliques en 1241.

4. Lowell est la ville natale de Kerouac.

Well I finally got there and sat with hat in hand watching guys in red coats blow long trumpets at the altar, to organ upstairs, beautiful Medieval *cansòs* or cantatas to make Handel's mouth water, and all of a sudden a woman with kids and husband comes by and lays twenty centimes (4 ¢) in my poor tortured misunderstood hat (which I was holding upsidedown in awe), to teach them *caritas*, or loving charity, which I accepted so's not to embarrass her teacherly instincts, or the kids, and my mother said back home in Florida "Why didnt you then put the twenty centimes in the poor box" which I forgot. It wasnt enough to wonder about and besides the very first thing I did in Paris after I cleaned up in my hotel room (with a big round wall in it, welling the chimney I guess) was give a franc (20 ¢) to a French woman beggar with pimples, saying *"Un franc pour la Française"* (A franc for the Frenchwoman) and later I gave a franc to a man beggar in St.-Germain to whom I then yelled: *"Vieux voyou!"* (Old hoodlum!) and he laughed and said: 'What? —*Hood*-lum?" I said "Yes, you cant fool an old French Canadian" and I wonder today if that hurt him because what I really wanted to say was "Guenigiou" (ragpicker) but "voyou" came out.

Bref, j'ai fini par y aller, et je me suis assis, le chapeau à la main, pour regarder les gars en veste rouge, qui soufflaient dans de longues trompettes tournées vers l'autel, vers l'orgue, là-haut, pour exécuter de belles *cansòs* ou cantates médiévales, de quoi faire venir l'eau à la bouche de Haendel; et voilà tout d'un coup une femme avec ses gosses et son mari qui s'approche et dépose vingt centimes (4 ¢)[1] dans mon pauvre chapeau torturé et incompris (je le tenais à l'envers, perdu dans ma contemplation mystique), pour leur apprendre la *caritas*, l'amour-charité; j'accepte pour ne pas embarrasser ses instincts pédagogiques, ou jeter le trouble dans l'âme des enfants; et, de retour en Floride, j'ai entendu ma mère me demander: «Pourquoi n'as-tu pas mis alors les vingt centimes dans le tronc des pauvres?» J'avais oublié. Ce n'était pas assez pour que je me pose tant de problèmes, et d'ailleurs la toute première chose que j'aie faite à Paris, après m'être lavé dans ma chambre d'hôtel (elle avait un grand mur rond, encerclant la cheminée, je suppose), ç'a été de donner un franc (20 ¢) à une mendiante couverte de boutons, en disant: « *Un franc pour la Française* » et, quelques instants plus tard, j'ai allongé un franc à un clochard de Saint-Germain-des-Prés, à qui j'ai crié: « *Vieux voyou!* », il a ri et dit: «Quoi? Voyou?» J'ai dit: «Oui, vous ne réussirez pas à en remontrer à un vieux Canadien français», et je me demande aujourd'hui si je ne l'ai pas vexé; ce que je voulais dire, en fait, c'était « *Guenigiou* » (chiffonnier) mais c'est «voyou» qui est sorti.

1. *4 cents.*

Guenigiou it is.

(Ragpicker should be spelled "guenillou," but that's not the way it comes out in 300-year-old French which was preserved intact in Quebec and still understood in the streets of Paris not to mention the hay barns of the North.)

Coming down the steps of that magnificent huge church of La Madelaine was a dignified old bum in a full brown robe and gray beard, neither a Greek nor a Patriarch, just probably an old member of the Syriac Church; either that or a Surrealist on a larky kick? Na.

4

First things first.

The altar in La Madelaine is a gigantic marble sculpt of her (Mary Magdalena) as big as a city block and surrounded by angels and archangels. She holds out her hands in a gesture Michelangeloesque. The angels have huge wings dripping. The place is a whole city block long. It's a long narrow building of a church, one of the strangest. No spires, no Gothic, but I suppose Greek temple style. (Why on earth would you, or did you, expect me to go see the Eiffel Tower made of Bucky Buckmaster's steel ribs and ozone?

Guenigiou, c'est ça.

(En réalité, il faudrait dire « *guenillou* », mais ce n'est pas le terme utilisé dans notre français vieux de trois cents ans, qui a été préservé intact à Québec et que l'on comprend encore dans les rues de Paris, sans parler des granges à foin du Nord.)

Descendant les marches de cette énorme et magnifique église de la Madeleine, il y avait un vieux vagabond plein de dignité, portant une ample tunique brune et une barbe grise, ni Grec ni patriarche, seulement sans doute un vieux membre de l'Église syrienne ; ou alors un surréaliste qui s'amuse à se travestir[1] ? Nan.

4

Commençons par le commencement.

L'autel de la Madeleine est une gigantesque sculpture de marbre qui la représente (Marie-Magdalena) aussi grande qu'un pâté de maisons et entourée d'anges et d'archanges. Elle tend les mains dans une posture michelangélique. Les anges ont d'énormes ailes ruisselantes. L'ensemble est long comme tout un quartier. Cette église est une longue et étroite bâtisse, une des plus étranges au monde. Pas de clochers, rien de gothique, plutôt, à mon avis, le style temple grec. (Pourquoi donc voudriez-vous que j'aille voir la tour Eiffel avec ses côtes en acier à la Bucky Buckmaster, et son ozone ?

1. *Lark* : rigolade ; *kick* : toquade, lubie du moment.

How dull can you get riding an elevator and getting the mumps from being a quarter mile in the air? I already done that on the Hempire State Building at night in the mist with my editor.)

The taxi took me to the hotel which was a Swiss pension I guess but the nightclerk was an Etruscan (same thing) and the maid was sore at me because I kept my door and suitcase locked. The lady who ran the hotel was not pleased when I inaugurated my first evening with a wild sexball with a woman my age (43). I cant give her real name but it's one of the oldest names in French history, aye back before Charlemagne, and he was a Pippin. (Prince of the Franks.) (Descended from Arnulf, L'Évêsque of Metz.) (Imagine having to fight Frisians, Alemanni, Bavarians *and* Moors.) (Grandson of Plectrude.) Well this old gal was the wildest lay imaginable. How can I go into such detail about toilet matters. She really made me blush at one point. I shoulda told her to stick her head in the "poizette" but of course (that's Old French for toilette) she was too delightful for words. I met her in an afterhours Montparnasse gangster bar with no gangsters around. She took me over.

Ce que ça peut être fastidieux de monter en ascenseur et d'attraper mal aux oreilles[1] pour être monté à quatre cents mètres en l'air. J'ai déjà fait ça, sur l'Hempire[2] State Building, de nuit, dans la brume, avec mon éditeur.)

Le taxi m'emmena à l'hôtel qui était une pension suisse, je crois, mais le réceptionniste de nuit était étrusque (même chose) ; la femme de chambre était furieuse, parce que j'avais laissé fermées à clé ma porte et ma valise. La personne qui dirige l'hôtel n'a pas été contente quand j'ai commencé, dès le premier soir, par faire la bamboula avec une femme de mon âge (43). Je ne puis donner son identité, mais c'est un des plus vieux noms de l'histoire de France, ouais, encore avant Charlemagne, et c'était un Pépin (prince des Francs). (Il descendait d'Arnulf, l'évêque de Metz.) (Imaginez que vous ayez à vous battre contre les Frisons, les Alamans, les Bavarois et les Maures par-dessus le marché.) (Petit-fils de Plectrude.) Eh bien, cette sacrée donzelle était la femme la plus volcanique que vous puissiez imaginer. Comment faire pour préciser certains détails concernant les toilettes ? Un moment, elle m'a vraiment fait rougir. J'aurais dû lui dire de se plonger la tête dans la « *poizette* », mais bien sûr (c'est la « toilette » en vieux français) elle était trop délicieuse pour qu'on lui parle ainsi. Je l'avais rencontrée dans une boîte de Montparnasse, un bar de gangsters, mais sans gangsters. Elle m'avait littéralement emballé.

---

1. *The mumps* : les oreillons.
2. *Hempire* : Empire State Building, à New York.

She also wants to marry me, naturally, as I am a great natural bed mate and nice guy. I gave her $120 for her son's education, or some new-old parochial shoes. She really done my budget in. I still had enough money the next day to go on and buy William Makepeace Thackeray's *Livre des Snobs* at Gare St.-Lazare. It isnt a question of money but of souls having a good time. In the old church of St.-Germain-des-Prés that following afternoon I saw several Parisian Frenchwomen practically weeping as they prayed under an old bloodstained and rainroiled wall. I said *"Ah, ha, les femmes de Paris"* and I saw the greatness of Paris that it can weep for the follies of the Revolution and at the same time rejoice they got rid of all those long nosed nobles, of which I am a descendant (Princes of Brittany).

Elle veut aussi m'épouser, naturellement, parce que je suis un compagnon de lit assez extraordinaire, et un type sympa. Je lui ai donné 120 dollars pour l'éducation de son fils, ou pour qu'elle s'achète quelques paires de chaussures paroissiales neuves-vieilles. Elle a véritablement grevé mon budget. J'avais encore assez d'argent le lendemain pour aller acheter *Le Livre des Snobs* de William Makepeace Thackeray[1], à la gare Saint-Lazare. Il n'y est pas question d'argent, mais d'âmes qui se paient du bon temps. Dans la vieille église de Saint-Germain-des-Prés, l'après-midi suivant, j'ai vu plusieurs Parisiennes qui versaient presque des larmes tout en priant sous un vieux mur souillé par le sang et la pluie. J'ai dit : « *Ah ha, les femmes de Paris* » et j'ai vu la grandeur de ce Paris qui peut à la fois pleurer sur les folies de la Révolution et, en même temps, se réjouir d'être débarrassé de ces nobles au long nez dont je suis un descendant (les princes de Bretagne).

1. William Makepeace Thackeray (1811-1863) : l'un des romanciers britanniques les plus importants de l'époque victorienne. Son roman *Vanity Fair* (*La Foire aux vanités*) fut plusieurs fois adapté à l'écran.

Chateaubriand was an amazing writer who wanted early old love affairs on a higher order than the Order was giving him in 1790 France—he wanted something out of a Medieval vignette, some young gal come down the street and look him right in the eye, with ribbons and a grandmother sewing, and that night the house burns down. Me and my Pippin had our healthy get-together at some point or other in my very calm drunkenness and I was satisfied, but next day I didnt wanta see her no mo because she wanted *more* money. Said she was going to take me out on the town. I told her she owed me several more jobs, bouts, jots and tittles.

"Mais oui."

But I let the Etruscan fluff her off on the phone.

The Etruscan was a pederast. In which I have no interest, but $120 is going too far. The Etruscan said he was a Mountain Italian. I dont care or know if he's a pederast or not, actually, and shoudna said that, but he was a nice kid. I then went out and got drunk.

Chateaubriand fut un écrivain étonnant qui voulut très tôt avoir des liaisons amoureuses, sur un plan plus élevé que le Régime ne le lui permettait dans cette France de 1790 — il voulait quelque chose qui sortît d'une vignette médiévale, une jeune donzelle qui descend la rue, le regarde droit dans les yeux, avec des rubans et une grand-mère qui fait sa couture; et il fallait, la nuit même, faire flamber la baraque. Moi et ma pépée on a eu droit à notre hygiénique partie de jambes en l'air, à un moment ou à un autre — j'étais ivre mais très calme — et j'ai été bien content; mais le lendemain, je n'ai plus voulu[1] la voir parce qu'il lui fallait encore de l'argent. Elle proposait de me faire visiter la ville. Je lui dis qu'elle me devait encore pas mal de brimborions et bagatelles, broutilles et bricoles[2].

« *Mais oui.* »

Mais je laissai l'Étrusque lui passer un bon savon au téléphone.

L'Étrusque était un pédéraste. Ce qui ne m'intéressait nullement, mais 120 dollars, c'est une trop grosse somme. L'Étrusque dit qu'il était un Italien des montagnes. En fait je ne sais pas — et ça m'est bien égal — s'il était vraiment pédéraste, et je n'aurais pas dû dire cela, mais c'était un charmant garçon. Et puis je suis sorti et je me suis soûlé.

---

1. *No mo* : *no more.*
2. *Jobs* : *do a job*, posséder quelqu'un sexuellement; *bouts* : excès; *jot* : un brin; *tittle, tit* : sein, nichon.

I was about to meet some of the prettiest women in the world but the bed business was over because now I was getting real stoned drunk.

6

It's hard to decide what to tell in a story, and I always seem to try to prove something, comma, about my sex. Let's forget it. It's just that sometimes I get terribly lonely, for the companionship of a woman dingblast it.

So I spend all day in St.-Germain looking for the perfect bar and I find it. *La Gentilhommière* (Rue St. André des Arts, which is pointed out to me by a gendarme)—Bar of the Gentle Lady—And how gentle can you get with soft blonde hair all golden sprayed and neat little figure? "O I wish I was handsome" I say but they all assure me I'm handsome—"Alright then I'm a dirty old drunk"— "Anything you want to say"—

I gaze into her eyes—I give her the double whammy blue eyes compassion shot—She falls for it.

A teenage Arab girl from Algiers or Tunis comes in, with a soft little hook nose.

J'allais faire la connaissance de quelques-unes des plus jolies femmes au monde, mais l'amour c'était bien fini, parce que je commençais à être rond comme une bille.

6

Il est difficile de décider de ce que l'on doit dire dans un récit, et il semble que je veuille toujours essayer de prouver quelque chose, virgule, au sujet de mon sexe. N'en parlons plus. C'est seulement que, parfois, je me sens terriblement seul, et je recherche la compagnie d'une femme ; mille tonnerres.

Donc, je passe toute la journée à Saint-Germain en quête du bar parfait, et je le trouve. *La Gentil-hommière* (rue Saint-André-des-Arts, qui m'est indiquée par un agent). — Le Bar de la Gente Dame. — Et comment ne pas être gentil en présence d'une souple chevelure blonde, une véritable poussière d'or, et une silhouette nette et menue ? « Oh, que je regrette de ne pas être beau garçon », dis-je mais ils m'affirment tous que je suis beau garçon. — « D'accord, alors je suis un sale ivrogne. — Si tu y tiens. »

Je plonge mon regard dans le sien. Je la fusille doublement de mes yeux bleus fascinants et pleins de compassion. — Elle succombe.

Une jeune Arabe de moins de vingt ans, venue d'Alger ou de Tunis, entre avec un petit nez tendre et crochu.

I'm going out of my mind because meanwhile I'm exchanging a hundred thousand French pleasantries and conversations with Negro Princes from Senegal, Breton Surrealist poets, boulevardiers in perfect clothes, lecherous gynecologists (from Brittany), a Greek bartender angel called Zorba, and the owner is Jean Tassart cool and calm by his cash register and looking vaguely depraved (tho actually a quiet family man who happens to look like Rudy Loval my old buddy in Lowell Massachusetts who'd had such a reputation at fourteen for his many *amours* and had that same perfume of smoothy looks). Not to mention Daniel Maratra the other bartender, some weird tall Jew or Arab, in any case a Semite, whose name sounded like the trumpets in front of the walls of Granada : and a gentler tender of bar you never saw.

In the bar there's a woman who is a lovely 40-yearl-old redhead Spaniard *amoureuse* who takes an actual liking to me, does worse and takes me seriously, and actually makes a date for us to meet alone : I get drunk and forget. Over the speaker is coming endless American modern jazz over a tape. To make up for forgetting to meet Valarino (the redhead Spanish beauty) I buy her a tapestry on the Quai, from a young Dutch genius, ten bucks (Dutch genius whose name in Dutch, Beere, means "pier" in English).

Je perds la tête, parce qu'à ce moment-là, j'échange en français cent mille propos et plaisanteries avec des Noirs, des princes du Sénégal, des poètes surréalistes bretons, des boulevardiers impeccablement vêtus, des gynécologues libidineux (bretons), un serveur angélique, un Grec appelé Zorba, et le patron, Jean Tassart, qui est debout, flegmatique et calme, près de sa caisse enregistreuse, l'air vaguement dépravé (bien qu'il[1] soit en fait un tranquille père de famille qui justement ressemble à Rudy Loval, mon vieux copain de Lowell, Massachusetts, lequel, à quatorze ans, avait une solide réputation de Don Juan avec ses nombreuses *amours*; et le même parfum se dégageait de son visage lisse). Sans parler de Daniel Maratra, l'autre serveur, grand type étrange, Juif ou Arabe, en tout cas sémite, dont le nom sonnait comme les trompettes devant les murs de Grenade et un barman plus aimable, vous n'en avez jamais vu.

Dans le bar, il y a une femme, une délicieuse *amoureuse* espagnole rousse de quarante ans, qui a vraiment le béguin pour moi, et, pis encore, me prend au sérieux, et même, me fixe rendez-vous pour que nous nous voyions seul à seule : je m'enivre et j'oublie. Du haut-parleur émanent sans cesse des airs de jazz américain moderne, provenant de la bande d'un magnétophone. Pour me faire pardonner l'oubli du rendez-vous avec Valarino (la belle Espagnole rousse), je lui offre, sur le quai, une tapisserie, que j'achète à un jeune génie hollandais, dix dollars (génie hollandais dont le nom, Beere, signifie *pier* [quai] en anglais).

1. *Tho*: *though.*

41

She announces she's going to redecorate her room on account of it but doesnt invite me over. What I woulda done to her shall not be allowed in this Bible yet it woulda been spelled LOVE.

I get so mad I go down to the whore districts. A million Apaches with daggers are milling around. I go in a hallway and I see three ladies of the night. I announce with an evil English leer *"Sh'prend la belle brunette"* (I take the pretty brunette)—The brunette rubs her eyes, throat, ears and heart and says "I aint gonna have that no more." I stomp away and take out my Swiss Army knife with the cross on it, because I suspect I'm being followed by French muggers and thugs. I cut my own finger and bleed all over the place. I go back to my hotel room bleeding all over the lobby. The Swiss woman by now is asking me when I'm going to leave. I say "I'll leave as soon as I've verified my family in the library." (And add to myself : "What do you know about *les Lebris de Kérouacks* and their motto of Love Suffer and Work you dumb old Bourgeois bag.")

Elle m'annonce qu'elle va refaire la décoration de sa chambre, à cause de cette tapisserie, mais elle ne m'invite pas à aller chez elle. Ce que j'aurais fait avec elle, ne sera pas autorisé dans cette Bible, pourtant cela se serait écrit AMOUR.

Je suis si irrité que je descends dans le quartier des prostituées. Un million d'apaches[1] armés de dagues rôdent. Je vais dans une sorte de hall et je vois trois dames de la nuit. J'annonce, l'air méchant, avec un mauvais accent anglais : « *Sh'prend la belle brunette.* » — La brunette se frotte les yeux, la gorge, les oreilles et le cœur et dit : « Celui-là, j'en veux pas pour rien au monde. » Je m'en vais d'un pas lourd, et je sors mon couteau de l'armée suisse, il a la croix sur le manche parce que je me crois suivi par des apaches et des bandits français. Voilà que je me coupe au doigt et le sang se répand partout. Je rentre dans ma chambre d'hôtel, le sang coule dans le hall. Et voilà la Suissesse qui me demande quand je compte m'en aller. Je dis : « Je partirai dès que j'aurai fait des recherches sur ma famille à la bibliothèque. » (J'ajoute en moi-même : « Qu'est-ce que vous savez des *Lebris de Kérouacks* et de leur devise Aime, Souffre, et Travaille, espèce de vieille bourgeoise ringarde ? »)

1. Voyous, malfaiteurs des grandes villes.

So I go to the library, la Bibliothèque Nationale, to check up on the list of the officers in Montcalm's Army 1756 Quebec, and also Louis Moréri's dictionary, and Père Alselme etc., all the information about the royal house of Brittany, and it aint even there and finally in the Mazarine Library old sweet Madame Oury the head librarian patiently explains to me that the Nazis done bombed and burned all their French papers in 1944, something which I'd forgotten in my zeal. Still I smell that there's something fishy in Brittany—Surely de Kérouack should be recorded in France if it's already recorded in the British Museum in London?—I tell her that—

You cant smoke even in the toilet in the Bibliothèque Nationale and you cant get a word in edgewise with the secretaries and there's a national pride about "scholars" all sitting there copying outa books

Donc, je vais à la bibliothèque, la Bibliothèque Nationale, pour compulser la liste des officiers de l'armée de Montcalm en 1756, à Québec ; je veux voir aussi le dictionnaire de Louis Moréri, et le livre du Père Anselme, etc. Je lis tous les documents concernant la maison royale de Bretagne, mais je ne trouve rien là non plus. Et finalement à la bibliothèque Mazarine[1], une aimable vieille dame, Mme Oury, la bibliothécaire en chef, m'explique patiemment que les Nazis ont bombardé et brûlé tous les documents français en 1944, chose que j'avais oubliée dans l'ardeur de mon zèle. Pourtant je sens qu'il devrait y avoir quelque chose en Bretagne. — À coup sûr, l'existence de De Kérouack devrait être signalée en France, s'il y a des traces de son existence au British Museum de Londres ? — Je lui parle de ça.

Vous n'avez pas le droit de fumer, même dans les toilettes, à la Bibliothèque Nationale ; et impossible de glisser un mot aux secrétaires. Et ils sont l'objet d'une fierté nationale, les érudits qui sont tous assis là, à recopier des livres[2].

---

1. La bibliothèque Mazarine fut constituée à partir de la bibliothèque personnelle du cardinal Mazarin. Ouverte au public en 1643, c'est la plus ancienne bibliothèque de France.
2. *Outa* : *out of.*

and they wouldnt even let John Montgomery in (John Montgomery who forgot his sleeping bag on the climb to Matterhorn and is America's best librarian and scholar and is English)—

Meanwhile I have to go back and see how the gentle ladies are doing. My cabdriver is Roland Ste. Jeanne d'Arc de la Pucelle who tells me that all Bretons are "corpulent" like me. The ladies are kissing me on both cheeks French style. A Breton called Goulet is getting drunk with me, young, 21, blue eyes, black hair, and suddenly grabs Blondie and scares her (with the other fellows joining in), almost a rape, which me and the other Jean, Tassart, put a stop to : "Awright!" *"Arrête!"*—

"Cool it," I add.

She is just too beautiful for words. I said to her *"Tu passe toutes la journée dans maudite* beauty parlor?" (You spend all day in the damn beauty parlor?)

"Oui."

Meanwhile I go down to the famous cafes on the boulevard and sit there watching Paris go by, such hepcats the young men, motorcycles, visiting firemen from Iowa.

1. Ami de Kerouac. Ils firent l'ascension du Cervin, en Suisse, avec Gary Snider, écrivain qui obtint le prix Pulitzer pour son recueil de poèmes *Turtle Island.* Lorsque Kerouac écrit, Montgomery est bibliothécaire à Berkeley.

Et on ne laisserait même pas entrer John Montgomery (John Montgomery[1] qui a oublié son sac de couchage en grimpant au Matterhorn[2], et qui est le meilleur bibliothécaire et érudit d'Amérique; et qui, de surcroît, est anglais). —

Mais pour le moment il faut que je rentre pour voir ce qu'il advient des gentes dames. Mon chauffeur de taxi est Roland Sainte-Jeanne-d'Arc-de-la-Pucelle, qui me dit que tous les Bretons sont corpulents comme moi. Les dames m'embrassent sur les deux joues, à la française. Un Breton nommé Goulet se soûle avec moi. Jeune, vingt et un ans, les yeux bleus, les cheveux noirs; et soudain il attrape Blondie et réussit à la terrifier (avec l'aide conjuguée des autres), c'est presque un viol, auquel moi et l'autre Jean, Tassart, nous mettons fin en criant: « Bon[3]! *Arrête!*

— « Du calme », j'ajoute.

Elle est trop belle, les mots sont impuissants. Je lui dis : « *Tu passe toutes la journée dans maudite* institut de beauté ?

— *Oui.* »

Et moi, je m'en vais dans les fameux cafés du boulevard, et je m'assois pour regarder Paris défiler, les jeunes gens dans le vent, les vélomoteurs, les pompiers en visite, venus de l'Iowa.

---

2. Le Cervin, l'une des plus hautes montagnes des Alpes (4 478 m).
3. *Awright*: *all right.*

The Arab girl goes out with me, I invite her to see and hear a performance of Mozart's *Requiem* in old St.-Germain-des-Prés church, which I knew about from an earlier visit and saw the poster announcing it. It's full of people, crowded, we pay at the door and walk into surely the most *distingué* gathering in Paris that night, and as I say it's misting outside, and her soft little hook nose has under it rose lips.

I teach her Christianity.

We neck a little later and she goes home to her parents. She wants me to take her to the beach at Tunis, I'm wondering if I shall be stabbed by Arabs jealous on the Bikini beach and that week Boumedienne deposed and *dis*-posed of Ben Bella and that woulda been a fine kettle of fish, and also I didnt have the money now and I wonder why she wanted that :– I've been told where to get off on the beaches of Morocco.

I just dont know.

La jeune Arabe sort avec moi, je l'ai invitée à venir voir et entendre le *Requiem* de Mozart dans la vieille église de Saint-Germain-des-Prés, que j'avais déjà visitée auparavant, ce qui m'avait donné l'occasion de repérer l'affiche annonçant le concert. C'est bondé à craquer ; nous payons à l'entrée et nous nous trouvons au milieu de ce qui est certainement le public le plus *distingué* de Paris ce soir-là ; et, comme je l'ai dit, dehors il y a du brouillard ; et son tendre petit nez crochu a, en dessous, des lèvres roses.

Je l'initie au christianisme.

Un peu plus tard, on s'embrasse[1], et elle rentre chez ses parents. Elle veut que je l'emmène à la plage, à Tunis. Je me demande si je ne serai pas poignardé par des Arabes jaloux sur la plage de Bikini ; et justement, cette semaine, Boumediene avait déposé Ben Bella et s'en était débarrassé[2] ; je me serais fourré dans de jolis draps ; d'ailleurs, je n'avais pas assez d'argent à ce moment-là ; et puis je me demandais pourquoi elle m'avait fait cette proposition : — On m'a dit où aller : sur les plages du Maroc.

Non, vraiment, je ne sais pas.

---

1. *To neck* : se peloter.
2. Ahmed Ben Bella, président de la République algérienne, fut renversé le 19 juin 1965 par Houari Boumediene, ministre de la Défense, qui resta à la tête de l'Algérie jusqu'à sa mort en 1978.

Methinks women love me and then they realize I'm drunk for all the world and this makes them realize I cant concentrate on them alone, for long, makes them jealous, and I'm a fool in Love With God. Yes.

Besides, lechery's not my meat and makes me blush :– depends on the Lady. She was not my style. The French blonde was, but too young for me.

In times to come I'll be known as the fool who rode outa Mongolia on a pony : Genghiz Khan, or the Mongolian Idiot, *one*. Well I'm not an idiot, and I like ladies, and I'm polite, but impolitic, like Ippolit my cousin from Russia. An old hitch hiker in San Francisco, called Joe Ihnat, announced that mine was an ancient Russian name meaning "Love." Kerouac. I said "Then they went to Scotland?"

"Yes, then Ireland, then Cornwall, Wales, and Brittany, then you know the rest."

"*Roo*shian?"

"Means Love."

"You're kidding."

—Oh, and then I realized, "of course, outa Mongolia and the Khans, and before that, Eskimos of Canada and Siberia. All goes back around the world, not to mention Perish-the-Thought Persia." (Aryans).

Je crois[1] que les femmes commencent par m'aimer, et puis elles se rendent compte que je suis ivre de la terre entière et elles comprennent alors que je ne puis me concentrer sur elles seules bien longtemps, cela les rend jalouses, et je suis un dément amoureux de Dieu. Eh oui.

D'ailleurs, la lubricité n'est pas mon lot, elle me fait rougir : — tout dépend de la femme. Elle n'était pas mon genre. La blonde, la Française, oui, mais trop jeune pour moi.

Plus tard, on dira de moi que j'étais le fou qui est parti de Mongolie monté sur un poney : Gengis Khan, ou l'idiot mongol, *d'abord*. Or je ne suis pas un idiot, et j'aime les femmes, et je suis poli mais peu diplomate, comme Ippolit mon cousin de Russie. Un vieil auto-stoppeur de San Francisco, un nommé John Ihnat, m'a annoncé que mon nom était un vieux nom russe signifiant «Amour». Kerouac. J'ai dit «Alors ils sont allés en Écosse ?

— Oui, et puis en Irlande, puis en Cornouailles, au pays de Galles, et en Bretagne. Et tu connais la suite.

— Du rrusse ?

— Et ça veut dire Amour.

— Tu blagues. »

Oh, et puis alors j'ai compris. «Naturellement, la Mongolie et les Khans, et avant cela, les Esquimaux du Canada et de Sibérie. Tout tourne autour du monde, pour ne pas parler de la Perse Mort-de-la-Pensée. » (Les Aryens.)

1. *Methinks* (archaïque) : il me semble.

Anyhow me and the Breton Goulet went to an evil bar where a hundred assorted Parisians were eagerly listening to a big argument between a white man and a black man. I got outa there quick and left him to his own devices, met him back at La Gentilhommière, some fight musta spilled out, or, not, I wasnt there.

Paris is a tough town.

9

The fact of the matter is, how can you be an Aryan when you're an Eskimo or a Mongol? That old Joe Ihnat was full of little brown turds, unless he means Russia. Old Joe Tolstoy we shoulda picked up.

Why keep talking about such things? Because my grammar school teacher was Miss Dineen, who is now Sister Mary of St. James in New Mexico (James was a son of Mary, like Jude), and she wrote: "Jack and his sister Carolyn (Ti Nin) I remember well as friendly, cooperative children with unusual charm. We were told that their folks came from France, and that the name was de Kerouac.

Bref, moi et le Breton Goulet, on est allés dans un bar mal famé où une centaine de Parisiens de tout poil écoutaient avec attention une grande discussion entre un Blanc et un Noir. Je suis sorti de là en vitesse et je l'ai laissé s'occuper comme bon lui semble, pour le retrouver plus tard à La Gentilhommière. Que cela dégénère[1] en bagarre ou non, moi je ne serai pas sur les lieux.

Paris est une ville cruelle.

9

Toute la question est de savoir comment on peut être un Aryen quand on est esquimau ou mongol? Ce vieux Joe Ihnat était plein de petits étrons bruns, à moins qu'il n'ait voulu parler de la Russie. C'est le vieux Joe Tolstoï qu'on aurait dû choisir.

Pourquoi parler encore de ces choses? Parce qu'à l'école[2] j'avais comme professeur Miss Dineen qui est maintenant sœur Mary-de-Saint-James, au Nouveau-Mexique (James était un fils de Mary, comme Jude), et elle a écrit: «Jack et sa sœur Carolyn (Ti Nin), je me souviens que c'étaient des enfants très gentils, toujours prêts à rendre service et pleins d'un charme inhabituel. On nous avait dit que leur famille était d'origine française et que le nom était de Kerouac.

1. *Musta*: *must have.*
2. *Grammar school*: école primaire aux États-Unis (lycée classique en Grande-Bretagne).

I always felt that they had the dignity and refinement of aristocracy."

I mention this to show that there can be such a thing as manners.

My manners, abominable at times, can be sweet. As I grew older I became a drunk. Why? Because I like ecstasy of the mind.

I'm a Wretch.

But I love love.

(Strange Chapter)

10

Not only that but you cant get a night's sleep in France, they're so lousy and noisy at 8 A.M. screaming over fresh bread it would make Abomination weep. Buy that. Their strong hot coffee and *croissants* and crackling French bread and Breton butter, Gad, where's my Alsatian beer?

While looking for the library, incidentally, a gendarme in the Place de la Concorde told me that Rue de Richelieu (street of the National Library) was thataway, pointing, and because he was an officer I was afraid to say "*What?* . . NO !"

J'ai toujours pensé qu'ils avaient la dignité et le raffinement des aristocrates. »

Je mentionne ces faits pour montrer qu'il y a des gens qui savent vivre.

Mes manières, abominables parfois, peuvent être exquises. En vieillissant, je suis devenu un ivrogne. Pourquoi ? Parce que j'aime l'extase de l'âme.

Je suis un Misérable.

Mais j'aime l'amour.

(*Étrange chapitre*)

10

S'il n'y avait que cela, mais vous ne pouvez pas dormir toute une nuit en France, ils font un tel boucan et de tels embarras à huit heures du matin, quand ils réclament à grands cris leur pain frais, que ça ferait pleurer l'abomination. Croyez-moi. Leur café noir bien fort et leurs *croissants* et leur pain français bien craquant et leur beurre de Bretagne, bon Dieu, où elle est ma bière alsacienne ?

Pendant que je cherchais la bibliothèque, au fait, un agent, place de la Concorde, m'a dit que la rue de Richelieu (la rue de la Bibliothèque Nationale) se trouvait dans cette direction[1], en tendant le bras, et comme c'était un fonctionnaire de police j'ai eu peur de lui dire « *Comment ?...* SÛREMENT PAS ! »

1. *Thataway* : *that way.*

because I knew it was in the opposite direction somewhere—Here he is some kind of sergeant or other who certainly oughta know the streets of Paris giving an American tourist a bum steer. (Or did he believe I was a wise-guy Frenchman pulling his leg? since my French *is* French)—But no, he points in the direction of one of de Gaulle's security buildings and sends me there maybe thinking "That's the National Library alright, ha ha ha" ("maybe they'll shoot down that Quebec rat")—Who knows? Any Parisian middle-aged gendarme oughta know where Rue de Richelieu is—But thinking he may be right and I'd made a mistake studying the Paris map back home I do go in the direction he points, afraid to go any other, and go down the upper spate of Champs-Élysées then cut across the damp green park and across Rue Gabriel to the back of an important government building of some kind where suddenly I see a sentry box and out of it steps a guard with bayonet in full Republican Guard regalia (like Napoleon with a cockatoo hat)

parce que je savais bien, moi, que c'était quelque part du côté opposé. — Ainsi donc voilà une sorte de sergent, que sais-je, il devrait tout de même bien connaître les rues de Paris, qui donne à un touriste américain un renseignement tout à fait fantaisiste. (À moins qu'il ne m'ait pris pour un Français farceur qui cherchait à le faire marcher ? car mon français a l'air bien français.) — Mais non, il tend la main dans la direction de l'un des fiefs de De Gaulle et il m'y envoie en se disant peut-être : « Tu la veux la Bibliothèque Nationale, eh bien la voilà, ha ha ha » (« peut-être qu'ils vont le fusiller ce rat de Québec »). — Qui sait ? N'importe quel agent de police parisien ayant un peu de bouteille devrait savoir où se trouve la rue de Richelieu. — Moi, je me dis qu'il a peut-être raison, que je me suis sans doute trompé quand j'ai étudié le plan chez moi, et je pars donc du côté qu'il m'indique ; je n'ose pas aller ailleurs, alors je descends le haut des Champs-Élysées, coupe ensuite à travers ce parc plein de verdure et d'humidité, et arrive rue Gabriel, derrière un imposant bâtiment qui ressemble à une résidence officielle, où je vois soudain une guérite dont sort un garde, baïonnette au canon, en grand uniforme de garde républicain (comme Napoléon, avec un chapeau à plumes de cacatoès).

and he snaps to attention and holds up his bayonet at *Present Arms* but it's not for me really, it's for a sudden black limousine full of bodyguards and guys in black suits who receive a salute from the other sentry men and zip on by—I stroll past the sentry bayonet and take out my plastic Camel cigarette container to light a butt—Immediately two strolling gendarmes are passing me in the opposite direction watching every move I make—It turns out I'm only lighting a butt but how can they tell? *plastic* and all that—And that is the marvelous tight security around big old de Gaulle's very palace which is a few blocks away.

I go down to the corner bar to have a cognac alone at a cool table by the open door.

The bartender in there is very polite and tells me exactly how to get to the library: right down St.-Honoré then across la Place de la Concorde and then Rue Rivoli right at the Louvre and left on Richelieu to the library dingblast it.

So how can an American tourist who doesnt speak French get around at all? Let alone me?

To know the name of the street of the sentry box itself I'd have to order a map from the C.I.A.

Il se met au garde-à-vous et pointe sa baïonnette vers le ciel, en présentant les armes, mais ce n'est pas pour moi, en fait, c'est pour une limousine noire qui passe soudain, pleine de gardes du corps et de gars en costume noir qui reçoivent le salut des autres sentinelles et continuent leur chemin, — je passe devant la sentinelle à la baïonnette, sans me presser, et je sors ma pochette de plastique pleine de Camel pour allumer un bout de cigarette. — Immédiatement deux agents arrivent vers moi, surveillant étroitement chacun de mes gestes, — ils voient que je ne fais qu'allumer un mégot, mais on ne sait jamais, n'est-ce pas ? Le *plastic* et tout ça. — Il s'agit tout simplement du formidable service de sécurité qui cerne étroitement la résidence de ce vieux de Gaulle, laquelle se trouve à quelques pâtés de maisons de là.

Je vais jusqu'au bar du coin pour boire un cognac, seul, à une table bien fraîche, près de la porte ouverte.

Le serveur y est très poli, il me dit avec une grande précision comment me rendre à la bibliothèque : la rue Saint-Honoré, tout droit, puis, après avoir traversé la place de la Concorde, la rue de Rivoli jusqu'au Louvre et à gauche, la rue de Richelieu, jusqu'à cette sacrée bibliothèque.

Alors comment un touriste américain qui ne parle pas français pourrait-il bien se débrouiller ? Quant à moi alors !

Pour savoir le nom de la rue où était la guérite, il me faudrait commander un plan à la C.I.A.

A strange severe parochial-style library, la Bibliothèque Nationale on rue de Richelieu, with thousands of scholars and millions of books and strange
assistant librarians with Zen Master brooms (really
French aprons) who admire good *handwriting* more
than anything in a scholar or writer—Here, you
feel like an American genius who escaped the rules
of Le Lycée. (French High School).

All I wanted was : *Histoire généalogique de plusieurs
maisons illustres de Bretagne, enrichie des armes et blasons d'icelles...* etc. by Fr. Augustin Du Paz, Paris,
N. Buon, 1620, Folio Lm^2 23 et Rés. Lm 23.

Think I got it? Not on your—

And also I wanted :– Père Anselme de Sainte
Marie (*né* Pierre de Guibours), his *Histoire de la
maison royale de France, des puirs, grands officiers de
la couronne et de la maison du roy et des anciens barons
du royaume*, R. P. Anselme, Paris, E. Loyson 1674,
Lm^3 397 (History of the royal house of France, and
of also, the great officers of the crown and of the
house of the king and of the ancient barons of the
kingdom), all of which I had to write down neatly
as I could on the call-cards and the old aproned
fella told the old lady librarian "It's well written"
(meaning the legibility of the handwriting).

Une étrange bâtisse sévère et provinciale, la Bibliothèque Nationale de la rue de Richelieu, avec des milliers d'érudits et des millions de livres, et d'étranges aides-bibliothécaires, armés des balais du maître du Zen (des blouses françaises, en fait), qui admirent plus que tout une belle *écriture*, chez un érudit ou un écrivain. — En ces lieux, vous avez l'impression d'être comme un génie américain qui s'est échappé de la férule du lycée (l'équivalent français des High Schools).

Tout ce que je voulais, c'était : *Histoire généalogique de plusieurs maisons illustres de Bretagne, enrichie des armes et blasons d'icelles...*, etc. de Fr. Augustin du Paz, Paris, N. Buon, 1620, folio Lm² 23 et Rés. Lm 23.

Vous croyez que je l'ai eue ? Vous pouvez toujours aller vous faire...

Je voulais aussi : — Père Anselme de Sainte-Marie (*né* Pierre de Guibours) : *Histoire de la maison royale de France, des puirs, grands officiers de la couronne et de la maison du roy et des anciens barons du royaume*, R. P. Anselme, Paris, E. Loyson 1674, Lm³ 397. Et il a fallu que j'écrive tout ça aussi clairement que je le pouvais, sur une fiche de consultation, et le vieux type[1] à blouse a dit à la vieille bibliothécaire : « C'est pas mal écrit » (il parlait de la lisibilité de mon écriture).

---

1. *Fella* = *fellow* : type, gars.

Of course they all smelled the liquor on me and thought I was a nut but on seeing I knew what and how to ask for certain books they all went in back to huge dusty files and shelves as high as the roof and must've drawn up ladders high enough to make Finnegan fall again with an even bigger noise than the one in *Finnegans Wake*, this one being the noise of the name, the actual name the Indian Buddhists gave to the Tathagata or passer-through of the Aeon Priyadavsana more than Incalculable Aeons ago :– Here we go, Finn :–

GALADHARAGARGITAGHOSHASUSVARANAK-
SHATRARAGASANKUSUMITABHIGNA.

Now I mention this to show, that if I didnt know libraries, and specifically the greatest library in the world, the New York Public Library where I among a thousand other things actually copied down this long Sanskrit name exactly as it's spelled, then why should I be regarded with suspicion in the Paris Library?

---

1. *Finnegans Wake* (1939) : l'une des œuvres majeures de James Joyce, avec *Gens de Dublin* (1914), *Portrait de l'artiste en jeune homme* (1916) ou encore *Ulysse* (1922).

Naturellement ils sentaient tous mon haleine alcoolisée et me prenaient pour un fou, mais voyant que
je savais ce que je voulais et que je n'ignorais pas
comment m'y prendre pour obtenir certains livres,
ils sont tous partis par-derrière consulter d'énormes
dossiers poussiéreux et fouiller dans des rayons
aussi hauts que le toit; et ils durent dresser des
échelles assez hautes pour faire de nouveau tomber Finnegan, avec un bruit plus grand encore que
dans *Finnegans Wake*[1], celui-ci étant le bruit produit
par le nom, le nom véritable que les Bouddhistes
indiens ont donné au Tathagata, celui qui est passé
à travers l'éternité priyadavsana, il y a de cela un
nombre plus qu'incalculable d'éons: — Allons-y,
Finn: —

GALADHARAGARGITAGHOSHASUSVARANAKSHA-
TRARAGASANKUSUMITABHIGNA

Si je mentionne ce nom, c'est pour montrer que
si je ne connaissais pas les bibliothèques, et en particulier la plus grande bibliothèque du monde, à
savoir la New York Public Library[2], où, entre mille
autres choses, j'ai recopié ce long nom sanscrit,
sans faire la moindre faute, il n'y avait aucune raison de me traiter avec suspicion à la bibliothèque
de Paris.

---

2. Située sur la Cinquième Avenue à New York, cette bibliothèque fut ouverte au public en 1911. Elle n'est pas, en réalité, la
plus grande du monde.

Of course I'm not young any more and "smell of liquor" and even talk to interesting Jewish scholars in the library there (one Éli Flamand copying down notes for a history of Renaissance art and who kindly assisted me's much's he could), still I dont know, it seemed they really thought I was nuts when they saw what I asked for, which I copied from their *incorrect* and incomplete files, not fully what I showed you above about Père Anselme as written in the completely correct files of London, as I found later where the national records were not destroyed by fire, saw what I asked for, which did not conform to the actual titles of the old books they had in the back, and when they saw my name Kerouac but with a "Jack" in front of it, as tho I were a Johann Maria Philipp Frimont von Palota suddenly traveling from Staten Island to the Vienna library and signing my name on the call-cards Johnny Pelota and asking for Hergott's *Genealogia augustae gentis Habsburgicae* (incomplete title) and my name not spelled "Palota," as it should, just as my real name should be spelled "Kerouack," but both old Johnny and me've been thru so many centuries of genealogical wars and crests and cockatoos and gules and jousts against Fitzwilliams, agh—

Naturellement, je ne suis plus jeune, et je sens l'alcool, et même je parle à d'intéressants érudits juifs, dans cette bibliothèque (un certain Éli Flamand qui prend des notes pour une histoire de l'art de la Renaissance et qui aimablement m'a aidé de son mieux[1]), pourtant je ne sais pas, j'ai l'impression qu'ils ont vraiment dû me prendre pour un cinglé quand ils ont vu ce que je demandais; ma fiche, je l'avais rédigée en compulsant leur catalogue qui était *incorrect* et incomplet : il n'y avait pas tout ce que je vous ai montré plus haut sur le Père Anselme; cela je l'ai trouvé dans le fichier complet et correct à Londres[2], plus tard. Là-bas, les Archives Nationales n'avaient pas été détruites par le feu; en voyant ce que je demandais, et après avoir constaté que cela ne cadrait pas avec les titres réels des vieux livres qu'ils avaient par-derrière, et quand ils ont vu mon nom Kerouac, mais avec Jack devant, comme si j'étais un certain Johann Maria Philipp Frimont von Palota débarquant tout d'un coup de Staten Island[3] dans la bibliothèque de Vienne et signant ma fiche de consultation du nom de Johnny Pelota et demandant l'ouvrage d'Hergott *Genealogia augustae gentis Habsburgicae* (titre incomplet), alors que mon nom ne s'écrirait pas P*a*lota, de même que mon nom véritable devrait s'écrire Kerouack; seulement le vieux Johnny et moi, on a passé tant de siècles à livrer des guerres généalogiques, multipliant les cimiers et les cacatois, les gueules et les joutes contre Fitzwilliams, ach...

1. *Assisted me's much's...* : *assisted me as much as...*
2. Allusion à la bibliothèque du British Museum, dont a dépendu jusqu'en 1973 la Bibliothèque nationale britannique.
3. L'un des cinq quartiers de New York.

It doesnt matter.

And besides it's all too long ago and worthless unless you can find the actual family monuments in fields, like with me I go claim the bloody dolmens of Carnac? Or I go and claim the Cornish language which is called Kernuak? Or some little old cliff-castle at Kenedjack in Cornwall or one of the "hundreds" called Kerrier in Cornwall? Or Cornouialles itself outside Quimper and Keroual? (Brittany thar).

Well anyway I was trying to find things out about my old family, I was the first Lebris de Kérouack ever to go back to France in 210 years to find out and I was planning to go to Brittany and Cornwall England next (land of Tristan and King Mark) and later I was gonna hit Ireland and find Isolde and like Peter Sellers get banged in the mug in a Dublin pub.

Ridiculous, but I was so happy on cognac I was going to try.

Aucune importance.

Et puis ça remonte trop loin dans le temps, et ça n'a pas assez de valeur, à moins que vous ne trouviez dans les champs les véritables monuments de la famille, comme si moi, j'allais réclamer les sacrés dolmens de Carnac! Ou encore revendiquer la langue de la Cornouaille, qui est appelée Kernuak? Ou quelque petit château sur la falaise, à Kenedjack en Cornouaille ou l'un des «cent» appelés Kerrier en Cornouaille ou la Cornouaille elle-même, près de Quimper et de Keroual? (Thar de Bretagne.)

Bref, j'essayais de découvrir quelque chose sur mon ancienne famille, j'étais le premier Lebris de Kérouack à remettre les pieds en France, au bout de deux cent dix ans, pour essayer d'y voir clair, et j'avais prévu de me rendre en Bretagne puis ensuite en Cornouailles anglaises (la terre de Tristan et du roi Marc[1]), et après cela j'allais débarquer en Irlande pour trouver Isolde et, comme Peter Sellers[2], recevoir un coup de poing en pleine figure dans un pub de Dublin.

Ridicule, mais le cognac me réussissait si bien que j'allais tenter ma chance.

1. Allusion à l'opéra de Wagner. Tristan est le neveu de Marc (Marke), roi de Cornouailles.
2. Peter Sellers (1925-1980) : acteur britannique connu pour ses rôles dans *La Panthère rose, Docteur Folamour, Bienvenue Mr. Chance*, etc.

The whole library groaned with the accumulated debris of centuries of recorded folly, as tho you had to record folly in the Old or the New World anyhow, like my closet with its incredible debris of cluttered old letters by the thousands, books, dust, magazines, childhood boxscores, the likes of which when I woke up the other night from a pure sleep, made me groan to think this is what I was doing with my waking hours : burdening myself with junk neither I nor anybody else should really want or will ever remember in Heaven.

Anyway, an example of my troubles at the library. They didnt bring me those books. On opening them I think they would have cracked apart. What I really shoulda done is say to that head librarian :– "I'm gonna put you in a horseshoe and give you to a horse to wear in the Battle of Chickamauga."

12

Meanwhile I kept asking everybody in Paris "Where's Pascal buried? Where's Balzac's cemetery?"

La bibliothèque tout entière gémissait sous le poids des débris accumulés durant des siècles de folies, toutes consignées par écrit, — comme s'il était nécessaire, de toute manière, de consigner les folies du vieux monde ou du nouveau — comme mon placard avec son incroyable fouillis de vieilles lettres entassées là par milliers, de livres, de poussière, de magazines, de boîtes de jeux de mon enfance ; et c'est tout ce fatras, quand je me suis réveillé l'autre nuit, au sortir d'un sommeil sans nuages, qui m'a fait gémir en pensant que c'était à cela que je consacrais mes heures de veille : m'accablant du poids de vétilles dont ni moi ni personne n'avons réellement besoin, et dont nous ne voudrions jamais nous souvenir au Paradis.

En tout cas, un exemple de mes ennuis à la bibliothèque : ils ne m'ont pas apporté ces livres. En les ouvrant, je crois qu'ils seraient tombés en morceaux. Ce que j'aurais dû faire en réalité, c'est dire à cette bibliothécaire en chef : « Je vais vous coller dans un fer à cheval, que je donnerai à un cheval pour qu'il le porte à la bataille de Chickamauga[1]. »

12

En attendant je ne cessais d'interroger tout le monde à Paris : « Où est enterré Pascal ? Où est le cimetière de Balzac ? »

1. La bataille de Chickamauga se tint en septembre 1863, lors de la guerre de Sécession.

Somebody finally told me Pascal must certainly be buried out of town at Port Royal near his pious sister, Jansenists, and as for Balzac's cemetery I didnt wanta go to no cemetery at midnight (Père Lachaise) and anyway as we were blasting along in a wild taxi ride at 3 A.M. near Montparnasse they yelled "There's your Balzac! His statue on the square!"

"Stop the cab!" and I got out, swept off me hat in sweeping bow, saw the statue vaguely gray in the drunken misting streets, and that was that. And how could I find my way to Port Royal if I could hardly find my way back to my hotel?

And besides they're not there at all, only their bodies.

13

Paris is a place where you can really walk around at night and find what you dont want, O Pascal.

Trying to make my way to the Opera a hundred cars came charging around a blind curve-corner and like all the other pedestrians I waited to let them pass and then they all started across but I waited a few seconds looking the other charging cars over, all coming from six directions

Quelqu'un finit par me dire que Pascal avait dû être enseveli en dehors de la ville, à Port-Royal, près de sa pieuse sœur, jansénistes l'un et l'autre; quant à la tombe de Balzac, je ne tenais pas à aller dans un cimetière à minuit (au Père-Lachaise); en tout cas, au moment où nous passions à une allure folle, dans un taxi déchaîné, à trois heures du matin, près de Montparnasse, ils ont crié: «Le voilà ton Balzac, sa statue est sur la place!»

«Arrêtez le taxi!» Et je suis sorti, j'ai fait une grande courbette, chapeau bas, et j'ai vu la statue vaguement grise dans les rues brumeuses de l'alcool; et ce fut tout. Comment aurais-je pu trouver la route de Port-Royal, si j'avais déjà du mal à rentrer à mon hôtel?

Et d'ailleurs, ils n'y sont pas, là-bas. Il n'y a que leur corps.

13

Paris est une ville où vous pouvez vraiment vous promener à pied la nuit, et trouver ce que vous ne voulez pas, Ô Pascal.

Comme j'essayais de gagner l'Opéra cent voitures ont surgi, dans un virage sans visibilité et, comme tous les autres piétons, j'ai attendu pour les laisser passer; et puis ils ont tous commencé à traverser, mais moi j'ai attendu quelques secondes, regardant les autres voitures qui arrivaient, de six directions à la fois.

—Then I stepped off the curb and a car came around that curve all alone like the chaser running last in a Monaco race and right at me—I stepped back just in time—At the wheel a Frenchman completely convinced that no one else has a right to live or get to his mistress as fast as he does—As a New Yorker I run to dodge the free zipping roaring traffic of Paris but Parisians just stand and then stroll and leave it to the driver—And by God it works, I saw dozens of cars screech to a stop from 70 M.P.H. to let some stroller have his way!

I was going to the Opera also to eat in any restaurant that looked nice, it was one of my sober evenings dedicated to solitary studious walks, but O what grim rainy Gothic buildings and me walking well in the middle of those wide sidewalks so's to avoid dark doorways—What vistas of Nowhere City Night and hats and umbrellas—I couldn't even buy a newspaper—Thousands of people were coming out of some performance somewhere—I went to a crowded restaurant on Boulevard des Italiens and sat way at the end of the bar by myself on a high stool and watched, wet and helpless,

— Puis je suis descendu du trottoir, et une auto a pris le virage, toute seule, comme la lanterne rouge à la course de Monaco, et est venue droit sur moi. — J'ai bondi en arrière, juste à temps. — Au volant, un Français absolument persuadé que personne d'autre n'a le droit de vivre ou d'aller voir sa maîtresse aussi vite que lui, — le New-Yorkais que je suis court pour échapper aux voitures qui se ruent et rugissent librement à Paris, mais les Parisiens attendent un moment, puis traversent sans se presser, s'en remettant aux conducteurs. — Et bon Dieu, ça marche ! J'ai vu des douzaines de voitures roulant à cent à l'heure[1] s'arrêter dans un hurlement de freins pour laisser passer quelque promeneur nonchalant.

J'allais à l'Opéra moi aussi pour manger dans le premier restaurant d'allure sympathique ; c'était une de mes soirées sans alcool, consacrées à des promenades solitaires et studieuses, mais oh, tous ces bâtiments gothiques sont d'un sinistre. Et moi, je marchais au milieu de ces larges trottoirs pour éviter les porches ténébreux — quelles visions d'une ville nocturne, d'une ville de nulle part, de chapeaux et de parapluies — et je ne pouvais même pas acheter un journal. — Des milliers de gens sortaient du spectacle. — J'entrai dans un restaurant bondé boulevard des Italiens, et m'assis tout au bout du comptoir, à l'écart, perché sur un haut tabouret, et alors, trempé jusqu'aux os et désespéré, je regardai autour de moi :

1. 1 mile : 1,6 km (70 miles = 112 km).

as waiters mashed up raw hamburg with Worcestershire sauce and other things and other waiters rushed by holding up steaming trays of good food—The one sympathetic counterman brought menu and Alsatian beer I ordered and I told him to wait awhile—He didnt understand that, drinking without eating at once, because he is partner to the secret of charming French eaters :– they rush at the very beginning with *hors d'œuvres* and bread, and then plunge into their entrees (this is practically always before even a slug of wine) and then they slow down and start lingering, now the wine to wash the mouth, now comes the *talk*, and now the second half of the meal, wine, dessert and coffee, something I cannae do.

In any case I'm drinking my second beer and reading the menu and notice an American guy is sitting five stools away but he is so mean looking in his absolute disgust with Paris I'm afraid to say "Hey, you American?"—He's come to Paris expecting he woulda wound up under a cherry tree in blossom in the sun with pretty girls on his lap and people dancing around him, instead he's been wandering the rainy streets alone in all that jargon, doesnt even know where the whore district is, or Notre Dame, or some small cafe they told him about back in Glennon's bar on Third Avenue, *nothing*

certains serveurs préparaient une purée de viande hachée crue additionnée de sauce Worcestershire et autres ingrédients, et des garçons passaient en courant, tenant des plateaux fumants chargés de bons petits plats. — Le préposé au comptoir, le seul à me manifester quelque sympathie, m'apporta le menu et la bière alsacienne que je lui avais commandée. — Il ne comprenait pas cela, que je boive tout de suite, sans rien manger, parce qu'il partage le secret des charmants dîneurs français, — ils se précipitent dès le début sur les hors-d'œuvre et le pain, puis se plongent dans les entrées (et presque toujours sans boire la moindre gorgée de vin) et puis ils ralentissent l'allure, ils commencent à flâner, d'abord le vin pour se rincer la bouche, et puis la conversation, et enfin la seconde partie du repas, le vin, le dessert, le café ; moi, j'en suis incapable[1].

Bref, je bois ma seconde bière, et je lis le menu, quand je remarque un Américain, assis cinq tabourets plus loin ; mais il a l'air si méchant, tant est grand le dégoût que lui inspire Paris, que j'ai peur de l'interpeller : « Hé ! Vous êtes américain ? » — Il est venu à Paris en s'imaginant qu'il allait se vautrer sous un cerisier en fleur, au soleil, avec de jolies filles sur les genoux et des danseurs alentour ; au lieu de cela, il a erré seul, sous la pluie, dans les rues, perdu au milieu de cet étrange jargon ; il ne sait même pas où est le quartier des filles, ni Notre-Dame ni même le petit café dont on lui a parlé au Glennon's bar, dans la Troisième Avenue, *rien*.

1. *Cannae*: *can't*.

—When he pays for his sandwich he literally throws the money on the counter "You wouldnt help me figure what the real price is anyway, and besides shove it up your you-know-what I'm going back to my old mine nets in Norfolk and get drunk with Bill Eversole in the bookie joint and all the other things you dumb frogs dont know about," and stalks out in poor misunderstood raincoat and disillusioned rubbers—

Then in come two American schoolteachers of Iowa, sisters on a big trip to Paris, they've apparently got a hotel room round the corner and aint left it except to ride the sightseeing buses which pick em up at the door, but they know this nearest restaurant and have just come down to buy a couple of oranges for tomorrow morning because the only oranges in France are apparently Valencias imported from Spain and too expensive for anything so avid as quick simple *break* of *fast.* So to my amazement I hear the first clear bell tones of American speech in a week :– "You got some oranges here?"

"Pardon?"—the counterman.

"There they are in that glass case," says the other gal.

— Pour payer son sandwich, il jette littéralement l'argent sur le comptoir. «Personne ne voudrait seulement m'aider à voir quel prix ça fait exactement, de toute façon! Et puis d'ailleurs vous pouvez vous le coller où vous savez, moi je repars vers mes vieux réseaux de mines dans le Norfolk, je retourne me soûler avec Bill Eversole, dans le petit bar, celui du book; et puis je vais retrouver toutes ces choses dont vous n'avez seulement jamais entendu parler, espèces d'abrutis de mangeurs de grenouilles que vous êtes», et il s'en va, l'air digne, enveloppé dans son imperméable d'incompris, chaussé des caoutchoucs de la désillusion. —

Et puis entrent deux institutrices de l'Iowa, deux sœurs, qui font leur grande virée à Paris; selon toute apparence, elles ont leur chambre d'hôtel à deux pas d'ici et elles n'en sont pas sorties, sauf pour monter dans les cars de touristes qui viennent les chercher à leur porte; mais elles connaissent ce restaurant, le plus proche de chez elles, et elles viennent d'y descendre afin d'acheter deux oranges pour demain matin; apparemment les seules oranges que l'on trouve en France viennent de Valence, elles sont importées d'Espagne, et trop chères pour un repas aussi rapide et aussi frugal qu'un petit déjeuner avalé sur le pouce. Aussi, à mon grand étonnement, entends-je les accents cristallins de la langue américaine; les premiers depuis une semaine — «Vous avez des oranges, ici?

— *Pardon*? demande le serveur du comptoir.

— Là, elles sont dans cette vitrine, dit l'autre jeune donzelle.

'Okay—see?" pointing, "two oranges," and show-
ing two fingers, and the counterman takes out the
two oranges and puts em in a bag and says crisply
thru his throat with those Arabic Parisian "r's" :–

"Trois francs cinquante." In other words, 35 ¢ an
orange but the old gals dont care what it costs and
besides they dont understand what he's said.

"What's *that* mean?"

"Pardon?"

"Alright, I'll hold out my palm and take your
kwok-kowk-kwark out of it, all we want's the
oranges" and the two ladies burst into peals of
screaming laughter like on the porch and the cat
politely removes three francs fifty centimes from
her hand, leaving the change, and they walk out
lucky they're not alone like that American guy—

I ask my counterman what's real good and he
says Alsatian Choucroute which he brings—It's
just hotdogs, potatos and sauerkraut, but such hotdogs as chew like butter and have a flavor delicate
as the scent of wine, butter and garlic all cooking
together and floating out a cafe kitchen door

— O.K., vous voyez? — elle tend la main dans leur direction, — deux oranges», et elle lève deux doigts. Le serveur prend les deux oranges et les[1] met dans un sac; puis il dit ces mots croquants, avec ces *r* arabes tels que les prononcent les Parisiens : « *Trois francs cinquante.* » Autrement dit, 35 cents pour une orange, mais les jouvencelles se moquent bien du prix, d'ailleurs elles n'ont pas compris ce qu'il a dit.

« Qu'est-ce que ça veut dire?

— *Pardon* ?

— Bon, je tends la main, et vous y prenez vos "Trrroi Frrroi Krroi", nous ce qu'on veut, c'est les oranges.» Et les deux demoiselles partent d'un éclat de rire strident, comme avant d'entrer, et le type enlève poliment les trois francs cinquante centimes dans la main tendue, laissant la monnaie. Et elles sortent; elles ont bien de la chance de ne pas être seules comme cet autre Américain.

Je demande à mon serveur ce qu'il a de bon et il dit de la choucroute alsacienne, qu'il m'apporte bientôt. — C'est en somme de la saucisse, des pommes de terre et de la *sauerkraut*; mais ces saucisses-là fondent dans la bouche comme du beurre; elles ont une saveur délicate, semblable à celle du vin, du beurre et de l'ail qui mijotent ensemble et dont le fumet s'échappe de la porte d'un bistrot.

1. *Em* : *them.*

—The sauerkraut no better'n Pennsylvania, potatos we got from Maine to San Jose, but O yes I forgot :– with it all, on top, is a weird soft strip of bacon which is really like ham and is the best bite of all.

I had come to France to do nothing but walk and eat and this was my first meal and my last, ten days.

But in referring back to what I said to Pascal, as I was leaving this restaurant (paid 24 francs, or almost $5 for this simple platter) I heard a howling in the rainy boulevard—A maniacal Algerian had gone mad and was shouting at everyone and everything and was holding something I couldnt see, very small knife or object or pointed ring or something—I had to stop in the door—People hurried by scared—I didn't want to be *seen* by him hurrying away—The waiters came out and watched with me—He approached us stabbing outdoor wicker chairs as he came—The headwaiter and I looked calmly into each other's eyes as tho to say "Are we together?"—But my counterman began talking to the mad Arab, who was actually light haired and probably half French half Algerian, and it became some sort of conversation and I walked around and went home in a now-driving rain, had to hail a cab.

Romantic raincoats.

— La *sauerkraut* n'est pas meilleure qu'en Pennsylvanie, les patates, on a les mêmes, du Maine jusqu'à San Jose, mais oh, oui, j'oubliais au-dessus du tout, une formidable tranche d'un lard moelleux ressemblant en fait à du jambon, et qui est le meilleur morceau du plat.

J'étais venu en France uniquement pour marcher et manger, et c'était là mon premier repas, et mon dernier… en dix jours.

Mais pour en revenir à ce que j'ai dit à Pascal, au moment où je quittais ce restaurant (j'avais payé vingt-quatre francs, presque cinq dollars pour cet unique plat) j'ai entendu des hurlements sur ce boulevard trempé de pluie. — Un Algérien, une sorte d'exalté, avait une crise de démence : il criait des injures à tous et à toutes ; il tenait quelque chose que je ne pouvais voir, un tout petit couteau, un objet pointu, une bague garnie d'un stylet, peut-être — je dus m'immobiliser près de la porte. — Les gens hâtaient le pas, apeurés. — Je ne voulais pas qu'il me voie fuir. — Les serveurs sont sortis pour regarder, avec moi. — Il s'est approché, poignardant au passage les chaises en osier de la terrasse. — Le maître d'hôtel et moi nous nous sommes regardés, calmement, droit dans les yeux, comme pour dire : «Sommes-nous ensemble ?» — Mais mon serveur du comptoir s'est mis à parler à l'Arabe fou, qui en fait avait les cheveux blonds et devait probablement être mi-français, mi-algérien ; et ils ont fini par engager une sorte de conversation et je me suis esquivé pour rentrer chez moi, sous une pluie battante. J'ai dû héler un taxi.

Imperméables romantiques.

14

In my room I looked at my suitcase so cleverly packed for this big trip the idea of which began all the previous winter in Florida reading Voltaire, Chateaubriand, de Montherlant (whose latest book was even now displayed in the shopwindows of Paris, "The Man Who Travels Alone is a Devil")— Studying maps, planning to walk all over, eat, find my ancestors' home town in the Library and then go to Brittany where it was and where the sea undoubtedly washed the rocks—My plan being, after five days in Paris, go to that inn on the sea in Finistère and go out at midnight in raincoat, rain hat, with notebook and pencil and with large plastic bag to write inside of, i.e., stick hand, pencil and notebook into bag, and write dry, while rain falls on rest of me,

Une fois dans ma chambre, j'ai regardé ma valise, si habilement préparée pour ce grand voyage dont l'idée m'était venue l'hiver précédent, en Floride, à la lecture de Voltaire, Chateaubriand, Montherlant (dont le dernier livre était encore maintenant disposé dans les vitrines de Paris, *Un voyageur solitaire est un diable*[1]). — Étudiant les cartes, décidant d'aller à pied partout, de manger, de retrouver la patrie de mes ancêtres à la Bibliothèque, et puis de me rendre en Bretagne, là où ils avaient vécu et où la mer, à n'en point douter, baignait encore les rochers. — J'avais prévu qu'au bout de cinq jours passés à Paris, je descendrais à cette auberge au bord de l'eau, dans le Finistère, et sortirais à minuit, enveloppé dans mon imperméable, coiffé de mon chapeau, muni de mon carnet et d'un crayon et d'un grand sac en plastique pour écrire à l'intérieur — en somme[2], en mettant la main, le carnet et le crayon dans le sac — écrire au sec, pendant que la pluie tomberait sur le reste de mon corps.

---

1. Le roman d'Henri de Montherlant (1895-1972) parut en 1961.
2. *i.e.* : abréviation de *id est* (*that is* : c'est-à-dire).

write the sounds of the sea, part two of poem "Sea" to be entitled: "SEA, Part Two, the Sounds of the Atlantic at X, Brittany," either at outside of Carnac, or Concarneau, or Pointe de Penmarch, or Douardenez, or Plouzaimedeau, or Brest, or St. Malo—There in my suitcase, the plastic bag, the two pencils, the extra leads, the notebook, the scarf, the sweater, the raincoat in the closet, and the warm shoes—

The warm shoes indeed, I'd also brought Florida air-conditioned shoes anticipating long hotsun walks in Paris and hadnt worn them once, the "warm shoes" were all I wore the whole blessed time—In the Paris papers people were complaining about the solid month of rain and cold throughout late-May and early-June France as being caused by scientists tampering with the weather.

And my first aid kit, and my mittens for the cold midnight musings on the Breton shore when the writing's done, and all fancy sports shirts and extra socks I never even got to wear in Paris let alone London where I'd also planned to go, not to mention Amsterdam and Cologne afterwards.

I was already homesick.

Et je transcrirais les sons de la mer, cette seconde partie du poème «La Mer», intitulée «LA MER, deuxième partie, les sons de l'Atlantique à X en Bretagne», auprès de Carnac, ou de Concarneau ou à la pointe de Penmarch, ou encore à Douardenez, à Plouzaimedeau[1], Brest ou Saint-Malo. — Là, dans ma valise, le sac en plastique, les deux crayons, les mines de rechange, le carnet, l'écharpe, le pull, l'imperméable dans la penderie, et les chaussures chaudes. —

Les chaussures chaudes, vraiment; j'avais aussi apporté de Floride des chaussures à air conditionné, prévoyant de longues marches au chaud soleil de Paris, et je ne les avais pas mises une seule fois. Les chaussures chaudes, c'était celles-là que je portais toute la sainte journée. — Dans les journaux de Paris, les gens se plaignaient de ce mois entier de pluies et de froid, fin mai, début juin, dans toute la France; mauvais temps dû à ces savants qui jouent avec l'atmosphère.

Et ma trousse à pharmacie pour les soins de première urgence, et mes mitaines pour les méditations des nuits froides sur la côte bretonne, à minuit, mon travail d'écrivain terminé et toutes les chemises fantaisie pour le sport, et les chaussettes de rechange que je n'ai jamais eu une seule fois l'occasion de porter à Paris, que serait-ce à Londres où j'avais aussi projeté de me rendre? Pour ne pas parler d'Amsterdam, et de Cologne, par la suite.

J'avais déjà le mal du pays.

1. Il s'agit de Douarnenez et de Ploudalmézeau, dans le Finistère.

Yet this book is to prove that no matter how you travel, how "successful" your tour, or foreshortened, you always learn something and learn to change your thoughts.

As usual I was simply concentrating everything in one intense but thousanded "Ah-ha!"

15

For instance the next afternoon after a good sleep, and me spruced up clean again, I met a Jewish composer or something from New York, with his bride, and somehow they liked me and anyway they were lonely and we had dinner, the which I didnt touch much as I hit up on cognac neat again—"Let's go around the corner and see a movie," he says, which we do after I've talked a half dozen eager French conversations around the restaurant with Parisians, and the movie turns out to be the last few scenes of O'Toole and Burton in "Becket," very good, especially their meeting on the beach on horseback, and we say goodbye—

Pourtant ce livre doit prouver une chose : quels que soient la manière dont vous voyagez et le « succès » de votre périple, même si vous devez l'écourter, vous apprenez toujours quelque chose, et vous apprenez à vous changer les idées.

Comme d'habitude, je me contentais de tout concentrer en un seul, intense mais mille fois répété : « Ah-ha ! »

15

Par exemple, le lendemain après-midi, après avoir bien dormi et m'être mis sur mon trente et un, j'ai fait la connaissance d'un Juif — compositeur ou quelque chose comme ça à New York — et de sa femme ; et, je ne sais pourquoi, ils m'ont pris en sympathie ; en tout cas, ils s'ennuyaient et nous avons mangé ensemble, repas auquel je n'ai guère touché parce que je me suis, une fois de plus, mis à boire du cognac. « Allons au cinéma, à deux pas d'ici », propose-t-il, ce que nous faisons, quand j'ai fini ma discussion animée, en français, avec une demi-douzaine de clients, des Parisiens, disséminés dans le restaurant. Et le film n'est autre que les dernières scènes de O'Toole et Burton[1] dans *Becket*. Très bonnes, surtout leur rencontre à cheval sur la plage ; et nous nous disons au revoir.

1. Peter O'Toole, acteur britannique qui connut la consécration dans *Lawrence d'Arabie* et fut associé à Richard Burton dans *Becket*, une adaptation cinématographique de la pièce de Jean Anouilh.

Again, I go into a restaurant right across from La Gentilhommière recommended to me highly by Jean Tassart, swearing this time I'll have a full course Paris dinner—I see a quiet man spooning a sumptuous soup in a huge bowl across the way and order it by saying "The same soup as Monsieur." It turns out to be a fish and cheese and red pepper soup as hot as Mexican peppers, terrific and *pink*— With this I have the fresh French bread and gobs of creamery butter but by the time they're ready to bring me the entree chicken roasted and basted with champagne and then sautéed in champagne, and the mashed salmon on the side, the anchovie, the Gruyère, and the little sliced cucumbers and the little tomatos red as cherries and then by God actual fresh cherries for dessert, all *mit* wine of vine, I have to apologize I cant even think of eating anything after all that (my stomach's shrunk by now, lost 15 pounds)—But the quiet soup gentleman moves on to a broiled fish and we actually start chatting across the restaurant and turns out he's the art dealer who sells Arps and Ernsts around the corner,

Et je retourne dans le restaurant, juste en face de La Gentilhommière, que m'a chaudement recommandé Jean Tassart en me jurant que cette fois j'aurai droit à un dîner parisien en règle. — Je vois, en face de moi, un homme tranquille qui trempe sa cuiller au fond d'une soupe somptueuse, dans une énorme soupière. Je commande la même en disant : « La même soupe que monsieur. » Cela s'avère être une soupe au poisson et au fromage avec un poivre rouge aussi épicé que le poivre mexicain, un breuvage terrible et *tout rose.* — Avec ça on m'apporte du pain français et quelques noix de beurre crémier ; mais quand ils sont prêts à m'apporter l'entrée : du poulet rôti, arrosé de champagne puis sauté dans le champagne, avec les miettes de saumon sur le côté, les anchois, le gruyère, et les petits concombres coupés en tranches, et les petites tomates rouges comme des cerises, et puis bon Dieu, des vraies cerises pour le dessert, tout cela *mit* du vin de vigne, il faut que je m'excuse, il n'est pas question de rien manger après tout cela (mon estomac est tout rétréci, maintenant, j'ai perdu 15 livres). — Mais l'homme tranquille a fini sa soupe et attaque un poisson grillé ; nous nous mettons alors à bavarder, d'un bout à l'autre du restaurant ; et il se trouve que j'ai en face de moi le marchand de tableaux qui vend des Arp[1] et des Ernst[2] à deux pas de là ;

1. Jean ou Hans Arp, peintre et sculpteur français né en 1887 et mort en 1966.
2. Max Ernst, né allemand en 1891, puis naturalisé américain et français, est mort en 1976. Il apporta sa contribution au mouvement surréaliste.

knows André Breton, and wants me to visit his shop tomorrow. A marvelous man, and Jewish, and we have our conversation in French, and I even tell him that I roll my "r's" on my tongue and not in my throat because I come from Medieval French Quebec-via-Brittany stock, and he agrees, admitting that modern Parisian French, tho dandy, *has* really been changed by the influx of Germans, Jews and Arabs for all these two centuries and not to mention the influence of the fops in the court of Louis Fourteenth which really started it all, and I also remind him that François Villon's real name was pronounced "Ville On" and not "Viyon" (which is a corruption) and that in those days you said not "toi" or "moi" but like "twé" or "mwé" (as we still do in Quebec and in two days I heard it in Brittany) but I finally warned him, concluding my charming lecture across the restaurant as people listened half amused and half attentive, François' name *was* pronounced François and not Françwé for the simple reason that he spelled it Françoy, like the King is spelled Roy, and this has nothing to do with "oi" and if the King had ever heard it pronounced rouwé (rwé) he would not have invited you to the Versailles dance but given you a *roué* with a hood over his head to deal with your impertinent *cou*, or coup, and couped it right off and recouped you nothing but loss.

il connaît André Breton et veut que j'aille voir sa boutique demain. Un homme merveilleux, ce Juif, et notre conversation se poursuit en français. Je lui dis même que je roule les *r* sur la langue et non au fond de la gorge parce que je suis issu d'une souche bretonne, via le Québec du Canada français, et il le reconnaît, il admet que le français parlé par les Parisiens d'aujourd'hui, bien que très raffiné, a en fait été modifié par la venue en masse d'Allemands, de Juifs et d'Arabes tout au long de ces deux derniers siècles, sans parler de l'influence des petits-maîtres de la cour du roi Louis XIV, qui a, en fait, été à l'origine de tout ; et je lui rappelle que le nom véritable de François Villon se prononçait « Ville-on » et non « Viyon » (ce qui est une forme corrompue) et qu'à cette époque on disait non pas « toi » ou « moi » mais quelque chose comme « toué » ou « moué » (comme on le fait encore à Québec, et aussi en Bretagne, je m'en suis aperçu deux jours plus tard) ; et enfin, je l'ai averti, pour mettre un point final à cet attrayant exposé que toute la salle pouvait entendre, et que tout le monde écoutait, mi-amusé, mi-attentif, que le nom de François se prononçait François et non Françoué pour la simple raison qu'on l'écrivait alors Françoy, de même que le mot roi s'écrivait roy, terminaison qui n'a aucun rapport avec « oi » ; et que si le monarque s'était entendu appeler roué, il ne vous aurait pas invité aux danses de Versailles, mais vous aurait envoyé un *roué*, la tête dissimulée sous une cagoule, qui se serait occupé de votre *cou*, ou coup, pour le couper bien net, laquelle opération se serait soldée pour vous par une perte pure et simple.

Things like that—

Maybe that's when my satori took place. Or how. The amazing long sincere conversations in French with hundreds of people everywhere, was what I really liked, and did, and it was an accomplishment because they couldnt have replied in detail to my detailed points if they hadnt understood every word I said. Finally I began being so cocky I didn't even bother with Parisian French and let loose blasts and *pataraffes* of *chalivarie* French that had them in stitches because they still understood, so there, Professor Sheffer and Professor Cannon (my old French "teachers" in college and prep school who used to laugh at my "accent" but gave me A's.)

But enough of that.

Suffice it to say, when I got back to New York I had more fun talking in Brooklyn accents'n I ever had in me life and especially when I got back down South, whoosh, what a miracle are different languages and what an amazing Tower of Babel this world is. Like, imagine going to Moscow or Tokyo or Prague and listening to all *that*.

That people actually understand what their tongues are babbling.

Et autre considération de la même eau. —

C'est peut-être à ce moment-là que mon satori s'est produit. À ce moment-là, ou comme ça. Ces longues et étonnantes conversations en français, cœur à cœur, avec des centaines de personnes, partout, et j'aimais vraiment cela, et je m'en donnais. Et il fallait le faire, parce qu'ils n'auraient pas pu me répondre sur des points de détail s'ils n'avaient pas compris chacun des mots que je disais. Finalement, je pris une telle assurance, que je ne me souciai plus du français parisien mais lâchai des bordées et des *pataraffes* de *charivari* qui les réjouirent fort, car ils comprenaient encore, tout comme le professeur Sheffer et le professeur Cannon (mes anciens professeurs de français à l'Université, et dans les classes préparatoires, qui riaient de mon « accent » mais me donnaient 20 sur 20).

Mais en voilà assez sur ce sujet.

Contentons-nous de dire qu'à mon retour à New York, j'ai eu plus de plaisir à parler avec l'accent de Brooklyn que je n'en avais jamais éprouvé de toute ma vie, et surtout, quand je suis retourné dans le Sud, wouff, quel miracle, ces langues différentes, quelle étonnante tour de Babel ce monde peut être. Non mais, rendez-vous compte, si vous allez à Moscou, Tokyo ou Prague et écoutez tout *ça* !

Que les gens comprennent vraiment ce que leur langue débite !

And that eyes do shine to understand, and that responses are made which indicate a soul in all this matter and mess of tongues and teeth, mouths, cities of stone, rain, heat, cold, the whole wooden mess all the way from Neanderthaler grunts to Martian-probe moans of intelligent scientists, nay, all the way from the Johnny Hart ZANG of anteater tongues to the dolorous *"la notte, ch'i' passai con tanta pieta"* of Signore Dante in his understood shroud of robe ascending finally to Heaven in the arms of Beatrice.

Speaking of which I went back to see the gorgeous young blonde in La Gentilhommière and she piteously calls me "Jacques" and I have to explain to her my name is "Jean" and so she sobs her "Jean," grins, and leaves with a handsome young boy and I'm left there hanging on the bar stool pestering everybody with my poor loneliness which goes unnoticed in the crashing busy night, in the smash of the cash register, the racket of washing glasses. I want to tell them that we dont all want to become ants contributing to the social body, but individualists each one counting one by one,

1. *la notte, ch'i' passai con tanta pietà* : « la nuit que je passai si plein de peine », extrait de *La Divine Comédie* de Dante, poète et écrivain florentin qui vécut à la fin du XIIIe siècle et au début du XIVe siècle.

Et que des yeux brillent, quand on comprend, qu'il y ait des réactions révélant la présence d'une âme dans tout cet embrouillamini de langues et de dents, de bouches, de cités de pierre, de pluie, de chaleur et de froid, tout ce fouillis en bois, depuis les grognements des hommes de Néanderthal jusqu'aux gémissements des savants intelligents qui sondent l'âme des Martiens, non, depuis le PUNCH à la Johnny Hart des langues de fourmiliers jusqu'au douloureux « *la notte, ch'i' passai con tanta pieta*[1] » du Signor Dante dans le linceul bien compris de sa tunique, montant enfin au ciel dans les bras de Béatrice[2].

À propos, je suis retourné voir la superbe jeune blonde de La Gentilhommière; prise de compassion, la voilà qui me donne du «Jacques» et il me faut lui expliquer que c'est «Jean» que je m'appelle. Elle sanglote donc son «Jean», grimace un sourire, et s'en va avec un beau jeune homme; et moi je reste seul au comptoir sur un tabouret, assommant tout le monde, de ma misérable solitude, qui passe inaperçue dans le vacarme et l'agitation de la nuit, dans le cliquetis assourdissant de la caisse enregistreuse et le tintement des verres qu'on lave. Je veux leur expliquer que nous ne tenons pas tous à devenir des fourmis qui, par leur labeur, contribuent à la prospérité du corps social, mais des individus qui comptent, tous autant qu'ils sont, chacun d'entre nous comptant un par un;

---

2. Dans un rêve, Dante voit apparaître Béatrice, être aimé porté par le dieu Amour dans un drap couleur de sang. Amour tient dans sa main le cœur de Dante et le fait manger à Béatrice, avec qui il s'élève ensuite vers le ciel.

but no, try to tell that to the in-and-outers rushing in and out the humming world night as the world turns on one axis. The secret storm has become a public tempest.

But Jean-Pierre Lemaire the Young Breton poet is tending the bar, sad and handsome as none but French youths can be, and very sympathetic with my silly position as a visiting drunkard alone in Paris, shows me a good poem about a hotel room in Brittany by the sea but after that shows me a meaningless surrealist-type poem about chicken bones on some girl's tongue ("Take it back to Cocteau!" I feel like yelling in English) but I don't want to hurt him, and he's been nice but's afraid to talk to me because he's on duty and crowds of people are at the outdoor tables waiting for their drinks, young lovers head to head, I'da done better staying home and painting the "Mystical Marriage of St. Catherine" after Girolamo Romanino but I'm so enslaved to yak and tongue, paint bores me, and it takes a lifetime to learn how to paint.

mais non, essayez de dire cela à la cohue des arrivants et des partants qui entrent et sortent à pas précipités, dans la nuit d'un monde bourdonnant, pendant que la Terre tourne sur un axe. La tempête secrète est devenue un ouragan public.

Mais Jean-Pierre Lemaire, le jeune poète breton, sert au bar, triste et beau comme seuls savent l'être les jeunes Français, et plein de compassion pour l'absurdité de ma condition de visiteur ivre, seul à Paris ; il me montre un bon poème, sur une chambre d'hôtel en Bretagne, au bord de la mer ; mais ensuite, il me fait lire un poème imbécile, genre surréaliste, où il est question d'os de poulet posés sur la langue d'une fille (« Rapporte-le à Cocteau ! » ai-je envie de lui crier, en anglais !) mais je ne veux pas le peiner, il a été gentil pour moi ; cependant il a peur de me parler, parce qu'il est de service, il y a foule aux tables de la terrasse, les gens attendent leurs consommations : de jeunes amoureux, assis joue contre joue ; j'aurais[1] mieux fait de rester chez moi pour peindre *Le Mariage mystique de sainte Catherine*, d'après Girolamo Romanino[2], mais je suis trop esclave du bavardage et de la langue, la peinture m'ennuie ; et il faut toute une existence pour apprendre à peindre.

1. *I'da* : *I would have.*
2. Girolamo Romanino (1484-1562) : peintre italien de la Renaissance.

I meet Monsieur Casteljaloux in a bar across the street from church of St. Louis de France and tell him about the library—He invites me to the National Archives the next day and will see what he can do—Guys are playing billiards in the back room and I'm watching real close because lately down South I've begun to shoot some real good pool especially when I'm drunk, which is another good reason to give up drinking, but they pay absolutely no attention to me as I keep saying *"Bon!"* (like an Englishman with handlebar mustache and no front teeth yelling "Good Shot!" in a clubroom)—Billiards with no pockets however not my meat—I like pockets, holes, I like straightahead bank shots that are utterly impossible except with high inside-or-outside English, just a slice, hard, the ball clocks in and the cueball leaps up, one time it leaped up, rolled around the edges of the table and bounced back on the green and the game was over, as it was the eightball slotted in—(A shot referred to by my Southern pool partner Cliff Anderson as a "Jesus Christ shot")

Je rencontre M. Casteljaloux dans un bar, juste en face de l'église Saint-Louis-de-France, et je lui parle de la bibliothèque. — Il m'invite à venir le lendemain aux Archives Nationales, il verra ce qu'il peut faire. — Il y a des gars qui jouent au billard dans l'arrière-salle, et je les regarde avec un grand intérêt, parce que récemment, dans le Sud, je me suis lancé dans le *pool*[1] et j'ai réussi de fort beaux coups, surtout quand j'étais ivre, ce qui est encore une excellente raison d'arrêter de boire, mais ils ne font absolument pas attention à moi, qui ne cesse de dire «*Bon!*» (tel un Anglais aux moustaches en guidon de course et complètement édenté sur le devant, qui hurle «Bien joué!» dans la salle d'un club). — Un billard sans blouses[2], pourtant, ce n'est pas mon genre, j'aime les blouses, j'aime les trous, j'aime les coups que l'on dirige droit sur les bords, qui sont totalement impossibles sauf avec des hauts Anglais à l'intérieur et à l'extérieur, rien qu'un coup en biseau, fort, la boule part, et la balle que la queue a frappée saute en l'air; une fois, elle a sauté en l'air, elle a fait le tour de la table, sur le bord, puis est revenue sur le tapis, et la partie a été terminée, puisque c'était le jeu des huit coups. — (Un coup que mon partenaire de *pool*, Cliff Anderson, un gars du Sud, appelait le «coup de Jésus-Christ».)

1. Sorte de jeu de billard.
2. Trous des billards américains.

—Naturally, being in Paris I wanta play some pool with the local talent and test Wits Transatlantique but they're not interested—As I say, I go to the National Archives on a curious street called Rue de les Francs Bourgeois (you might say, "street of the outspoken middleclass,") surely a street you once saw old Balzac's floppy coat go flapping down on an urgent afternoon to his printer's galleys, or like the cobblestoned streets of Vienna when once Mozart did walk with floppy pants one afternoon on the way to his librettist, coughing)—

I'm directed into the main office of the Archives where Mr. Casteljaloux wears today a melancholier look than the one he wore yesterday on his clean handsome ruddy blue eyed middleaged face—It tugs at my heart to hear him say that since he saw me yesterday, his mother's fallen seriously ill and he has to go to her now, his secretary will take care of everything.

She is, as I say, that ravishingly beautiful, unforgettably raunchily edible Breton girl with seagreen eyes, blueblack hair, little teeth with the slight front separation that, had she met a dentist who proposed to straighten them out, every man in the world shoulda strapped him to the neck of the wooden horse of Troy to let him have one look at captive Helen 'ere Paris beleaguered his treacherous and lecherous Gaulois Gullet.

— Naturellement, étant à Paris, je veux jouer au *pool* avec les talents locaux, affronter les champions transatlantiques, mais ça ne les intéresse pas, eux.
— Comme je l'ai dit plus haut, je vais aux Archives Nationales, dans une curieuse rue appelée rue des Francs-Bourgeois, une rue où l'on a certainement vu un jour la redingote avachie de Balzac ballotter de-ci de-là, lors d'une rapide visite aux galères de son imprimeur ; une rue semblable aux rues pavées de Vienne que Mozart a empruntées un après-midi, secoué par les quintes de toux, le pantalon tombant, pour se rendre chez son librettiste. —

On m'introduit dans le bureau principal des Archives où M. Casteljaloux a aujourd'hui une expression plus mélancolique qu'hier, sur son visage propre, avenant et haut en couleur de quadragénaire aux yeux bleus. — Cela me fend le cœur de l'entendre dire que, depuis qu'il m'a vu hier, sa mère est tombée gravement malade ; il faut qu'il s'en aille maintenant, sa secrétaire va s'occuper de tout.

Je l'ai déjà dit, c'est une jeune Bretonne d'une beauté extraordinaire, inoubliable, que l'on voudrait croquer séance tenante, avec ses yeux verts comme la mer, ses cheveux bleu-noir, et ses petites dents de devant légèrement écartées et telles que si elle avait rencontré un dentiste lui proposant de les redresser, chacun des hommes de notre planète l'aurait ficelé à l'encolure du cheval de bois de Troie, pour lui permettre de jeter un coup d'œil sur la captive Hélène, avant que Pâris n'ait assiégé son Gaulois Gullet, ce traître libidineux.

Wearing a white knit sweater, golden bracelets and things, and perceiving me with her sea eyes, I ayed and almost saluted but only admitted to myself that such a woman were wronks and wars and not for me the peaceful shepherd mit de cognac—I'd a Eunuch been, to play with such proclivities and declivities two weeks—

I suddenly longed to go to England as she began to rattle off that there were only *manuscripts* in the National Archives and a lot of them had been burned in the Nazi bombing and besides they had no records there of *"les affaires Colonielles"* (Colonial matters).

"Colon*ielles*!" I yelled in a real rage glaring at her.

"Dont you have a list of the officers in Montcalm's Army in 1756?" I went on, getting to the point at least, but so mad at her for her Irish haughtiness (yes *Irish*, because all Bretons came from Ireland one way or the other before Gaul was called Gaul and Caesar saw a Druid tree stump and before Saxons showed up and before and after Pictish Scotland and so on), but no, she gives me that seagreen look and Ah, now I see her—

"My ancestor was an officer of the Crown, his name I just told you, and the year, he came from Brittany, he was a Baron they tell me,

Elle portait un pull blanc tricoté, des bracelets en or et autres fanfreluches; quand elle m'a regardé de ses yeux couleur de mer, j'ai fait oui de la tête et ai failli la saluer, mais je me suis contenté de me dire qu'une femme pareille, c'était le grabuge et la bisbille; à d'autres que moi, paisible berger *mit* le cognac. — J'aurais voulu être un eunuque, pour jouer avec de tels creux et de telles bosses pendant deux semaines. —

Je brûlai soudain du désir d'aller en Angleterre, quand elle se mit à me débiter qu'il n'y avait que des *manuscrits* aux Archives Nationales et que bon nombre d'entre eux avaient brûlé lors des bombardements nazis; et d'ailleurs, ils n'avaient ici aucun document sur « *les affaires Colonielles* ».

« Coloni*elles!* » hurlai-je, saisi d'une fureur soudaine, en la foudroyant du regard.

« Vous n'avez donc pas de liste des officiers de l'armée de Montcalm en 1756? » poursuivis-je venant au fait, enfin, mais très irrité par son arrogance d'Irlandaise (oui, d'*Irlandaise,* parce que tous les Bretons sont venus d'Irlande, d'une manière ou d'une autre, avant que la Gaule ne s'appelle la Gaule, et que César n'ait aperçu la souche d'un arbre à Druide, avant que les Saxons n'aient fait leur apparition, avant et après l'Écosse des Pictes[1], etc.), mais non, elle me décoche ce regard vert eau de mer et, ah, je la revois encore en ce moment. —

« Mon ancêtre était officier de la Couronne, son nom, je viens de vous le dire, ainsi que l'année. Il venait de Bretagne, c'était un baron, à ce qu'on m'a dit.

1. Peuple établi dans les terres de l'Écosse ancienne.

I'm the first of the family to return to France to look for the records." But then I realized I was being haughtier, nay, not haughtier than she was but simpler than a street beggar to even talk like that or even try to find any records, making true or false, since as a Breton she probably knew it could only be found in Brittany as there had been a little war called *La Vendée* between Catholic Brittany and Republican Atheist Paris too horrible to mention a stone's throw from Napoleon's tomb—

The main fact was, she'd heard M. Casteljaloux tell her all about me, my name, my quest, and it struck her as a silly thing to do, tho noble, noble in the sense of hopeless noble *try*, because Johnny Magee around the corner as anybody knows can, with any luck, find in Ireland that he's the descendant of the Morholt's King and so what? Johnny Anderson, Johnny Goldstein, Johnny Anybody, Lin Chin, Ti Pak, Ron Poodlewhorferer, Anybody.

And for me, an American, to handle manuscripts there, if any relating to my problem, what difference did it make?

Je suis le premier de la famille à revenir en France pour chercher les documents. » Mais je me suis alors rendu compte que je montrais plus d'arrogance, que dis-je, non pas plus d'arrogance qu'elle, mais plus de simplicité qu'un mendiant des rues, à seulement parler ainsi, ou même à essayer de trouver des documents, d'en établir l'authenticité ou la fausseté, puisque la Bretonne qu'elle était savait sans doute qu'on ne pouvait trouver cela qu'en Bretagne ; il y avait eu, en effet, une petite guerre appelée *La Vendée* entre la Bretagne catholique et les républicains athées de Paris, guerre trop horrible pour qu'on en parle à un jet de pierre seulement du tombeau de Napoléon. —

Au vrai, elle avait écouté M. Casteljaloux lui dire tout sur moi, mon nom, mes recherches et celles-ci lui avaient semblé stupides, bien que nobles, nobles parce que la tentative était noble mais sans espoir, parce que Johnny Magee, à deux pas de là, tout le monde le sait, peut avec un minimum de chance découvrir en Irlande qu'il est le descendant du roi Morholt[1] et de Dieu sait qui : Johnny Anderson, Johnny Goldstein, Johnny Tartempion, Lin Chin, Ti Pak, Ron Poodlewhorferer, n'importe qui.

Et si c'est moi, un Américain, qui consulte des manuscrits en ces lieux, s'il y en a qui concernent mon problème, qu'est-ce qu'elle en a à faire ?

---

1. Morholt était un géant, le frère du roi d'Irlande. Tristan, neveu du roi Marc de Cornouailles, décida de mettre fin au tribut qu'exigeait Morholt de Marc. Blessé par Morholt qu'il parvint à tuer, il apprit de celui-ci que seule Iseult pouvait soigner sa blessure.

I dont remember how I got out of there but the lady was not pleased and neither was I—But what I didnt know about Brittany at the time was that Quimper, in spite of its being the ancient capital of Cornouialles and the residence of its kings or hereditary counts and latterly the capital of the department of Finistère and all that, was nevertheless of all dumb bigcity things considered a hickplace by the popular wits of Paris, because of its distance from the capital, so that as you might say to a New York Negro "If you dont do right I'm gonna send you back to Arkansas," Voltaire and Condorcet would laugh and say "If you dont understand aright we'll send you out to Quimper ha ha ha."—Connecting that with Quebec and the famous dumb Canucks she musta laughed in her teeth.

I went, on somebody's tip, to the Bibliothèque Mazarine near Quai St. Michel and nothing happened there either except the old lady librarian winked at me, gave me her name (Madame Oury), and told me to write to her anytime.

All there was to do in Paris was done.

I bought an air ticket to Brest, Brittany.

Went down to the bar to say goodbye to everybody and one of them, Goulet the Breton said, "Be careful, they'll *keep* you there!"

Je ne me souviens pas comment je suis sorti de là, mais la péronnelle n'était pas contente, moi non plus d'ailleurs. — Mais ce que je ne savais pas, à propos de la Bretagne, à l'époque, c'est que Quimper bien qu'ancienne capitale de la Cornouaille et ex-résidence de ses rois ou de ses comtes héréditaires et plus tard la capitale du département du Finistère, entre autres, n'en était pas moins considérée, malgré toutes ces âneries sur les grandes villes, comme un trou perdu, par les esprits populaires de Paris, à cause de la distance qui la sépare de la capitale ; et de même que l'on pourrait dire à un nègre de New York : « Si vous n'êtes pas sage, je vais vous renvoyer dans l'Arkansas », de même Voltaire et Condorcet s'esclaffaient en disant : « Si vous ne comprenez pas bien, nous allons vous expédier à Quimper, ha ha ha. » — Faisant le rapprochement avec Québec et les Canadiens français, ces lourdauds fameux, elle a dû bien rire entre ses dents.

Je suis allé, sur le conseil de quelqu'un, à la Bibliothèque Mazarine, près du quai Saint-Michel ; sans aucun résultat, là non plus, sauf que la bibliothécaire, une vieille dame, m'a fait un clin d'œil, donné son nom (Mme Oury), et dit de lui écrire quand je voudrais.

Je n'avais plus rien à faire à Paris.

J'ai pris mon billet d'avion pour Brest, Bretagne.

Je suis descendu au bar pour dire au revoir à tout le monde, et l'un des hommes présents, Goulet le Breton, a dit : « Faites attention, ils vont vous *garder*, là-bas. »

p.s. As one last straw, before buying the ticket, I went over to my French publishers and announced my name and asked for the boss—The girl either believed that I was one of the authors of the house, which I am to the tune of six novels now, or not, but she coldly said that he was out to lunch—

"Alright then, where's Michel Mohrt?" (in French) (my editor of sorts there, a Breton from Lannion Bay at Louquarec.)

"He's out to lunch too."

But the fact of the matter was, he was in New York that day but she couldnt care less to tell me and with me sitting in front of this imperious secretary who must've thought she was very Madame Defarge herself in Dickens' "Tale of Two Cities" sewing the names of potential guillotine victims into the printer's cloth, were a half dozen eager or worried future writers with their manuscripts all of whom gave me a positively dirty look when they heard my name as tho they were muttering to themselves

p.s. Avant de prendre mon billet, je veux tirer une dernière cartouche, et je vais chez mes éditeurs français. Je m'annonce et demande à voir le patron. — La fille croit, ou ne croit pas, que je suis l'un des auteurs de la maison (ce qui est le cas : six romans à l'heure actuelle) mais elle dit froidement qu'il est allé déjeuner.

« Bon, alors où est Michel Mohrt[1] ? » (en français) (mon éditeur en second en ces lieux, un Breton de Louquarec[2], dans la baie de Lannion).

« Il est allé déjeuner aussi. »

En réalité, il était à New York ce jour-là, mais elle n'avait aucune envie de m'en informer ; et en même temps que moi, assis en face de cette impérieuse secrétaire qui devait se prendre pour Mme Defarge elle-même, ce personnage du *Conte des deux Cités* de Dickens, qui cousait les noms des futures victimes de la guillotine dans la toile de l'imprimeur, il y avait une demi-douzaine de futurs écrivains enthousiastes ou inquiets, nantis de leur manuscrit. Tous me décochèrent des regards absolument noirs quand ils entendirent mon nom, comme s'ils se marmonnaient intérieurement :

---

1. Auteur, notamment, de *La prison maritime*, et membre de l'Académie française. Michel Mohrt dirigea le département des littératures anglo-saxonnes chez Gallimard.
2. En réalité, Locquirec dans les Côtes-d'Armor.

"*Kerouac*? I can write ten times better than that beatnik maniac and I'll prove it with this here manuscript called 'Silence au Lips' all about how Renard walks into the foyer lighting a cigarette and refuses to acknowledge the sad formless smile of the plotless Lesbian heroine whose father just died trying to rape an elk in the Battle of Cuckamonga, and Philippe the intellectual enters in the next chapter lighting a cigarette with an existential leap across the blank page I leave next, all ending in a monologue encompassing etc., all this Kerouac can do is write stories, ugh"—"And in such bad taste, not even one well-defined heroine in domino slacks crucifying chickens for her mother with hammer and nails in a 'Happening' in the kitchen"—agh, all I feel like singing is Jimmy Lunceford's old tune :

> *It aint watcha do*
> *It's the way atcha do it!*

But seeing the sinister atmosphere of "literature" all around me and the broad aint gonna get my publisher to buzz me into his office for an actual business chat, I get up and snarl :

"Aw shit, *j'm'en va à l'Angleterre*" ("Aw shit, I'm goin to England") but I should really have said :

Le Petit Prince s'en va à la Petite Bretagne.

Means : "The Little Prince is going to Little Britain" (or, Brittany.)

« *Kerouac*, je peux écrire dix fois mieux que ce cinglé de beatnik, et je le prouverai avec ce manuscrit intitulé *Silence au Lip*, tout sur la manière dont Renard entre dans le hall en allumant une cigarette, et refuse de voir le triste et informe sourire de l'héroïne, une lesbienne sans histoire, dont le père vient de mourir en essayant de violer un élan, à la bataille de Cuckamonga ; et Philippe, l'intellectuel, entre, au chapitre suivant, en allumant une cigarette, avec un bond existentiel à travers la page blanche que je laisse ensuite, le tout se terminant par un monologue de la même eau, etc., tout ce qu'il sait faire, ce Kerouac, c'est écrire des histoires, hhan. » — « Et tout est de si mauvais goût, pas même une seule héroïne bien définie, en pantalon domino, crucifiant des poulets pour sa mère, avec marteau et clous dans un *Événement* dans la cuisine. » — Hac, la seule chose que j'ai envie de chanter, c'est le vieil air de Jimmy Lunceford[1] :

> *C'est pas tellement ce que tu fais*
> *C'est la manière que tu le fais.*

Mais, sentant la sinistre odeur de « littérature » qui flotte autour de moi, et sachant bien que la donzelle ne fera rien pour que l'éditeur me fasse monter dans son bureau, afin que nous puissions vraiment parler affaires, je me lève en grinçant :

« Oh ! merde, *j'm'en va à l'Angleterre* », mais en fait ce que j'aurais dû dire, c'est :

> *Le Petit Prince s'en va à la Petite Bretagne.*

1. Célèbre chef d'orchestre et saxophoniste de jazz de la fin des années 1930.

Over at Gare St.-Lazare I bought an Air-Inter ticket *one-way* to Brest (not heeding Goulet's advice) and cashed a travellers check of $50 (big deal) and went to my hotel room and spent two hours repacking so everything'd be alright and checking the rug on the floor for any lints I mighta left, and went down all dolled up (shaved etc.) and said goodbye to the evil woman and the nice man her husband who ran the hotel, with my hat on now, the rain hat I intended to wear on the midnight sea rocks, always wore it pulled down over the left eye I guess because that's the way I wore my pea cap in the Navy—There were no great outcries of please come back but the desk clerk observed me as tho he was like to try me sometime.

Off we go in the cab to Orly airfield, in the rain again, 10 A.M. now, the cab zipping with beautiful speed out past all those signs advertising cognac and the surprising little stone country houses in between with French gardens of flowers and vegetables exquisitely kept, everything green

À la gare Saint-Lazare, j'ai acheté un aller simple Air-Inter pour Brest (sans tenir compte des conseils de Goulet) et encaissé un travellers chèque de 50 dollars (la grosse somme). Et puis je suis rentré à ma chambre d'hôtel où j'ai passé deux heures à remballer, pour que tout soit impeccable ; j'ai bien examiné le tapis, pour le cas où j'aurais laissé tomber quelque chose à terre, et je suis redescendu propre comme un sou neuf (rasé de frais, etc.) et j'ai dit au revoir à la méchante femme et à son brave homme de mari qui dirigent tous deux l'hôtel ; j'ai le chapeau sur la tête maintenant, le chapeau de pluie que j'ai emporté pour le mettre, à minuit, sur les rochers de la mer ; je l'ai toujours porté rabattu sur l'œil gauche, sans doute parce que c'était ainsi que je portais mon bonnet dans la Navy. — Il n'y a pas eu de grandes démonstrations, de « Revenez je vous en prie », mais l'employé de la réception m'a observé comme s'il avait grande envie de m'essayer un de ces jours.

Me voilà en taxi pour l'aéroport d'Orly, sous la pluie une fois de plus ; dix heures du matin, maintenant ; nous passons à vive allure devant ces grands panneaux publicitaires qui vantent les charmes du cognac, et voilà, de place en place, ces si étonnantes petites maisons de pierre, avec entre elles ces jardins français plantés de fleurs et de légumes, soigneusement entretenus et enfouis sous la verdure ;

as I imagine it must be in Auld England now.

(Like a nut I figured I could fly from Brest to London, only 150 miles as the crow flies.)

At Orly I check in my small but heavy suitcase at Air-Inter and then wander around till 12 noon boarding call. I drink cognac and beer in the really marvelous cafes they have in that air terminal, nothing so dismal as Idlewild Kennedy with its plush-carpet and cocktail-lounge Everybody-Quiet shot. For the second time I give a franc to the lady who sits in front of the toilets at a table, asking her : "Why do you sit there and why do people give you tips ?"

"Because I *clean* the joint" which I understand right away and appreciate, thinking of my mother back home who has to *clean* the house while I yell insults at the T.V. from my rockingchair. So I say :

"Un franc pour la Française."

I coulda said "The Inferno White Owl Sainte Theresia !" and she still wouldna cared. (Wouldn't *have* cared, but I shorten things, after that great poet Robert Burns.)

c'est ainsi que doit être maintenant, je l'imagine du moins, la vieille[1] Angleterre.

(Comme un imbécile, je me figurais pouvoir aller directement de Brest à Londres, 250 kilomètres, d'un seul coup d'aile, tel un corbeau.)

À Orly, je fais enregistrer à Air-Inter ma valise, petite mais lourde, et je déambule, de côté et d'autre, en attendant l'appel des passagers qui doit se faire à midi. Je bois du cognac et de la bière dans les bars formidables où l'on peut aller, à l'intérieur de cet aéroport ; rien de commun avec le sinistre Idlewild Kennedy avec ses tapis de peluche et son cocktail-bar, où personne ne dit mot. Pour la seconde fois, je donne un franc à la femme qui est assise à une table, devant les toilettes, en lui demandant :

« Pourquoi restez-vous assise là, et pourquoi les gens vous donnent-ils des pourboires ?

— Parce que c'est moi qui nettoie l'endroit. » Je comprends tout de suite et j'apprécie, pensant à ma mère, là-bas, chez nous, qui, elle, doit nettoyer la maison pendant que, assis dans mon rocking-chair, je lance mes bordées d'injures au poste de télévision. Alors je dis :

« Un franc pour la Française. »

J'aurais pu dire : « La sainte Thérèse, blanc hibou de l'enfer ! » elle se s'rait pas formalisée. (Elle ne se serait pas formalisée, mais je raccourcis, à la manière de Robert Burns[2], ce grand poète.)

_____
1. *Auld* : *Old.*
2. Poète écossais du XVIIIᵉ siècle.

So now it's "Mathilda" I'm singing because the bell-tone announcing flights sings just like that song, in Orly, "Ma – Thil – Daa" and the quiet girlvoice : "Pan American Airlines Flight 603 to Karachi now loading at gate 32" or "K.L.M. Royal Dutch Airlines Flight 709 to Johannesburg now loading at gate 49" and so on, what an airport, people hear me singing "Mathilda" all over the place and I've already had a long talk about dogs with two Frenchmen and a dachsund in the cafe, and now I hear : "Air-Inter Flight 3 to Brest now loading at gate 96" and I start walking—down a long smooth corridor—

I walk about I swear a quartermile and come practically to the end of the terminal building and there's Air-Inter, a two-engined old B-26 I guess with worried mechanics all fiddling around the propeller on the port side—

It's flight time, noon, but I ask the people there "What's wrong?"

"One hour delay."

There's no toilet here, no cafe, so I go back all the way to while away the hour in a cafe, and wait—

I go back at one.

"Half hour delay."

Maintenant donc, c'est *Mathilda* que je chante, parce que le carillon annonçant les vols chante exactement cet air-là, à Orly : «Ma — Thil — Daa», et la voix féminine qui annonce, posément : «Vol 603, de la Pan American Airlines pour Karachi, embarquement immédiat à la porte 32» ou «Vol 709 de la K.L.M. Royal Dutch Airlines pour Johannesburg, embarquement immédiat à la porte 49» et ainsi de suite ; ça, c'est un aéroport ! Les gens m'entendent chanter *Mathilda* dans tous les coins, et j'ai déjà conversé longuement, à propos de chiens, avec deux Français et un dachsund[1], dans le café. Et voilà que j'entends maintenant : «Vol 3 d'Air Inter pour Brest, embarquement immédiat à la porte 96» et je m'éloigne, enfilant un long couloir bien lisse.

Je parcours environ, je le jure, quatre cents mètres, et j'arrive pratiquement au bout des installations de l'aéroport ; et voici l'Air-Inter, un vieux B 26 bimoteur, je crois, avec des mécaniciens qui s'affairent, la mine soucieuse, autour de l'hélice de bâbord.

Il est midi, l'heure du départ, mais je demande aux gens qui sont là :

« Qu'est-ce qui ne va pas ?

— Une heure de retard. »

Pas de toilettes, pas de café dans le secteur, alors je retourne au point de départ pour tuer l'heure d'attente dans un bar et j'attends.

Je reviens à une heure.

« Une demi-heure de retard. »

---

1. Sorte de teckel.

I decide to sit it out, but suddenly I have to go to the toilet at 1:20—I ask a Spanish-looking Brest-bound passenger: "Think I got time to go to the toilet back at the terminal?"

"O sure, plenty time."

I look, the mechanics out there are still worriedly fiddling, so I hurry that quartermile back, to the toilet, lay another franc for fun on La Française, and suddenly I hear "Ma – Thil – Daa" singsong with the word "Brest" so I like Clark Gable's best fast walk hike on back almost as fast as a jogging trackman, if you know what I mean, but by the time I get there the plane is out taxiing to the runway, the ramp's been rolled back which all those traitors just crept up, and off they go to Brittany with my suitcase.

18

Now I'm supposed to go dabbling all over France with clean fingernails and a joyous tourist expression.

"*Calvert!*" I blaspheme at the desk (for which I'm sorry, Oh Lord). "I'm going to follow them in a train! Can you sell me a train ticket? They took off with my valise!"

Je décide de rester assis dehors, mais soudain, à une heure vingt l'envie me prend d'aller aux toilettes. — Je demande à un passager qui va à Brest, un gars au type espagnol : « Vous croyez que j'ai le temps d'aller là-bas, aux toilettes, et de revenir ?

— Oh, certainement, plus qu'il n'en faut. »

Je regarde où l'on en est, les mécaniciens sont encore là-bas, fourrageant dans le moteur d'un air préoccupé, alors je parcours au trot les quatre cents mètres qui me séparent des toilettes, donne encore un franc, histoire de rire, à la Française, et tout d'un coup j'entends psalmodier *Ma-Thil-Daa*, et prononcer le mot « Brest » alors, comme Clark Gable quand il est bien lancé, je rebrousse chemin, presque aussi rapide qu'un garde-voie trottinant, vous voyez ce que je veux dire ; seulement quand j'arrive à destination, l'avion n'est plus là, il s'en va vers la piste, la passerelle sur laquelle ces traîtres viennent de grimper a disparu ; et ils s'en vont en Bretagne avec ma valise.

18

Et maintenant, je n'ai plus qu'à me dépatouiller tout seul, pour traverser la France, avec les ongles bien propres et en arborant l'air joyeux d'un touriste.

« *Calvert !* blasphémé-je au bureau (j'en suis bien marri, oh, Seigneur). Je vais les suivre en train ! Pouvez-vous me donner un billet de train ? Ils ont décollé avec ma valise !

"You'll have to go to Gare Montparnasse for that but I'm really sorry, Monsieur, but that is the most ridiculous way to miss a plane."

I say to myself "Yeah, you cheapskates, why dont you build a toilet."

But I go in a taxi 15 miles back to Gare Montparnasse and I buy a one-way ticket to Brest, first class, and as I think about my suitcase, and what Goulet said, I also remember now the pirates of St. Malo not to mention the pirates of Penzance.

Who cares? I'll catch up with the rats.

I get on the train among thousands of people, turns out there's a holiday in Brittany and everybody's going home.

There are those compartments where firstclass ticketed people can sit, and those narrow window alleys where secondclass ticketed people stand leaning at the windows and watch the land roll by—I pass the first compartment of the coach I picked and see nothing but women and babies—I know instinctively I'll choose the second compartment—And I do! Because what do I see in there but

— Pour cela, il faut aller à la gare Montparnasse, mais je suis vraiment navré, monsieur, on ne peut pas rater un avion plus bêtement. »

Je me dis : « Ouais, bande de radins, pourquoi vous en faites pas construire des toilettes ? »

Mais je repars en taxi pour refaire en sens inverse les vingt-cinq kilomètres qui me séparent de la gare Montparnasse, et je prends un aller simple pour Brest, en première classe ; et je repense à ma valise, à ce que Goulet m'a dit, et je me rappelle aussi maintenant les pirates de Saint-Malo, sans parler des pirates de Penzance[1].

Qu'est-ce qui s'en inquiète ? Je les rattraperai, ces rats.

Je monte dans le train, perdu au milieu de plusieurs milliers de personnes ; il paraît qu'il y a une fête, en Bretagne, et que tout le monde rapplique au pays.

Il y a ces compartiments, où les voyageurs nantis d'un billet de première classe peuvent s'asseoir, et ces couloirs étroits, entre deux rangées de vitres, où les voyageurs de deuxième classe restent debout, appuyés aux fenêtres, et regardent défiler le paysage. — Je passe devant le premier compartiment du wagon que j'ai choisi et n'y vois que femmes et bébés. Je sais, d'instinct, que c'est le deuxième que je vais choisir. — Et c'est ce que je fais ! En effet, qu'est-ce que j'y vois ?

1. Ville de Cornouailles, au sud-ouest de l'Angleterre.

"Le Rouge et le Noire" (The Red and the Black), that is to say, the Military and the Church, a French soldier and a Catholic priest, and not only that but two pleasant looking old ladies and a weird looking drunklooking guy in the corner, that makes five, leaving the sixth and last place for me, "Jean-Louis Lebris de Kerouac" as I presently announce, knowing I'm home and they'll understand my family picked up some weird manners in Canada and the U.S.A.—(which I announce of course only after I've asked *"Je peu m'assoir?"* (I can sit?), "Yes," and I excuse myself across the ladies' legs and plump right down next to the priest, removed my hat already, and address him : *"Bonjour, mon Père."*

Now this is the real way to go to Brittany, gents.

19

But the poor little priest, dark, shall we say swart, or *swartz*, and very small and thin, his hands are trembling as if from ague and for all I know from Pascalian ache for the equation of the Absolute or maybe Pascal scared him and the other Jesuits with his bloody "Provincial Letters,"

« *Le Rouge et le Noire* », c'est-à-dire, l'armée et le clergé, un soldat français et un prêtre catholique, et pas seulement cela, mais aussi deux vieilles dames qui ont un visage très avenant, et dans le coin, un drôle de type, qui a l'air passablement ivre, ce qui fait cinq personnes, laissant donc une place, la dernière, pour moi, « Jean-Louis Lebris de Kerouac », comme je l'annonce aussitôt, sachant bien que je suis chez moi et qu'ils comprendront que ma famille a pris des manières étranges au Canada et aux U.S.A. — (J'annonce ça, naturellement, après avoir demandé, au préalable « *Je peu m'assoir ?* »), « Oui », et je demande pardon en passant entre les jambes des dames, et m'installe auprès du prêtre, le chapeau déjà ôté, en lui disant : « *Bonjour, mon Père.* »

Croyez-moi, bonnes gens, la voilà la vraie manière d'aller en Bretagne.

19

Mais le pauvre petit prêtre, le poil noir, le teint basané, dirons-nous *swartz*, un bonhomme tout petit et menu, a les mains qui tremblent, comme s'il avait une crise, ou, pour autant que je sache, une douleur pascalienne pour l'équation de l'absolu ; et peut-être Pascal lui a-t-il fait peur, à lui et aux autres jésuites, avec ses maudites *Lettres provinciales* ;

but in any case I look into his dark brown eyes, I see his weird little parroty understanding of everything and of me too, and I pound my collarbone with my finger and say:

"I'm Catholic too."

He nods.

"I wear the Sacred Queen and also St. Benedict."

He nods.

He is such a little guy you could blow him away with one religious yell like *"O Seigneur!"* (Oh Lord!)

But now I turn my attention to the civilian in the corner, who's eyeing me with the exact eyes of an Irishman I know called Jack Fitzgerald and the same mad thirsty leer as tho he's about to say "Alright, where's the booze hidden in that raincoat of yours" but all he does say is, in French:

"Take off your raincoat, put it up on the rack."

Excusing myself as I have to bump knees with the blond soldier, and the soldier grins sadly ('cause I rode in trains with Aussies across wartime England 1943) I shove the lump of coat up, smile at the ladies, who just wanta get home the hell with all the characters, and I say my name to the guy in the corner (like I said I would).

"Ah, that's Breton. You live in Rennes?"

moi, en tout cas, je le regarde droit dans ses yeux brun sombre, je vois son étrange petite compréhension psittaciste de tout et de moi-même, et je me frappe la clavicule de l'index en disant :

« Je suis catholique, moi aussi. »

Il hoche la tête.

« Je porte sur moi la Reine Sacrée, et aussi saint Benedict. »

Il hoche la tête.

Il est si menu, le gars, qu'on pourrait le terrasser d'un blasphème genre « *Ô Seigneur !* »

Mais maintenant je tourne mon attention vers le civil assis dans le coin qui me considère avec exactement les mêmes yeux qu'un Irlandais que je connais bien et qui s'appelle Jack Fitzgerald, avec le même regard avide, et assoiffé, comme s'il s'apprêtait à dire : « O.K., alors où c'est que tu l'as planqué ce litron, dans ton imper ? » Mais la seule chose qu'il dise, c'est, en français :

« Enlevez votre imperméable et mettez-le dans le filet. »

Je m'excuse auprès du soldat blond, dont il me faut heurter les genoux, et le militaire sourit tristement (parce que j'ai traversé l'Angleterre, par le train, avec des Australiens, pendant la guerre, en 1943). Je fourre l'imper roulé en boule là-haut, souris aux dames, qui ne veulent qu'une chose, rentrer chez elles, et se foutent des individus de mon espèce, et je dis mon nom au gars du coin (je l'avais bien dit, que je le ferais).

« Ah, c'est un nom breton. Vous habitez Rennes ?

"No I live in Florida in America but I was born etc. etc." the whole long story, which interests them, and then I ask the guy's name.

It's the beautiful name of Jean-Marie Noblet.

"Is that Breton?"

"Mais oui." (But yes.)

I think: "Noblet, Goulet, Havet, Champsecret, sure a lot of funny spellings in this country" as the train starts up and the priest settles down in a sigh and the ladies nod and Noblet eyes me like he would like to wink me a proposal that we get on with the drinking, a long trip ahead.

So I say "Let's you and I go buy some in the *commissaire.*"

"If you wanta try, okay."

"What's wrong?"

"Come on, you'll see."

And sure enough we have to rush weaving without bumping anybody through seven coaches of packed windowstanders and on through the roaring swaying vestibules and jump over pretty girls sitting on books on the floor and avoid collisions with mobs of sailors and old country gentlemen and all the lot,

— Non, j'habite en Floride, en Amérique, mais je suis né, etc., etc. », toute cette longue histoire, qui a l'air de les intéresser. Et puis je demande le nom du gars.

Un beau nom : Jean-Marie Noblet.

« C'est breton ?

— *Mais oui.* »

Je pense : « Noblet, Goulet, Havet, Champsecret, on ne peut pas dire, il y a des noms bizarrement orthographiés dans ce pays », au moment où le train démarre, et le prêtre se carre sur la banquette avec un soupir, et les dames hochent la tête et Noblet me regarde, comme si, d'un clin d'œil, il voulait m'inviter à continuer de boire avec lui ; le voyage va être long.

Alors, je dis :

« Si on allait s'acheter quelque chose, vous et moi, dans le *commissaire*[1].

— Si vous voulez essayer, O.K.

— Pourquoi pas ?

— Venez, vous verrez. »

Et en effet, il faut se frayer un chemin, en louvoyant, sans bousculer personne, à travers sept wagons de voyageurs entassés près des fenêtres, franchir des soufflets qui rugissent et ballottent dans tous les sens, sauter par-dessus quelques jolies filles, assises à terre sur des livres, et éviter les collisions avec des bandes de marins et de vieux campagnards, et des flopées d'autres voyageurs ;

1. Allusion au commissariat hôtelier qui prépare les repas pour les grandes compagnies ferroviaires.

a homecoming holiday train like the Atlantic Coast Line going from New York to Richmond, Rocky Mount, Florence, Charleston, Savannah and Florida on the Fourth of July or Christmas and everybody bringing gifts like Greeks beware we not of—

But me and old Jean-Marie find the liquor man and buy two bottles of rosé wine, sit on the floor awhile and chat with some guy, then catch the liquor man as he's coming back the other way and almost empty, buy two more, become great friends, and rush back to our compartment feeling great, high, drunk, wild—And don't you think we didnt swing infos back and forth in French, and not Parisian either, and him not speaking a word of English.

I didnt even have a chance to look out the window as we passed the Chartres Cathedral with the dissimilar towers one five hundred years older'n the other.

1 Jasper Johns, *Été*, 1987, gravure, Museum of Modern Art, New York.

« *Pourtant ce livre doit prouver une chose : quels que soient la manière dont vous voyagez et le "succès" de votre périple, même si vous devez l'écourter, vous apprenez toujours quelque chose, et vous apprenez à vous changer les idées.* »

2 Les taxis parisiens, rue Royale, juin 1968.

3 Un Vélosolex et une 2 CV sont garés devant l'église de la Madeleine à Paris, années 1960.

4 Le matin de bonne heure au café Le Royal, Paris, années 1960, photographie d'Harold Chapman.

« Mes manières, abominables parfois, peuvent être exquises. En vieillissant, je suis devenu un ivrogne. Pourquoi ? Parce que j'aime l'extase de l'âme. Je suis un Misérable. Mais j'aime l'amour. »

5 Jack Kerouac au Seven Arts Café de New York, en 1959, photographie de Burt Glinn.

—— Histoire généalogique et chronologique de la maison royale de France, des pairs, grands officiers de la Couronne, de la Maison du Roy et des anciens barons du royaume... par le P. Anselme,... continuée par M. Du Fourny. 3ᵉ édition revue... par les soins du P. Ange et du P. Simplicien,... — *Paris, par la Compagnie des libraires,* 1726-1733. 9 vol. in-fol.   ✳ [Lm³. **398.** A

—— Histoire généalogique et chronologique de la maison royale de France... par le P. Anselme,... continuée par M. Du Fourny, revue... par les soins du P. Ange et du P. Simplicien,... 4ᵉ édition corrigée... par M. Potier de Courcy. — *Paris, Didot frères,* 1868-1890. 2 tomes en 3 vol. in-fol.
                      ✳ [Lm³. **398.** B
(T. IV et IX.)   t, 9, 2 2

—— 1879. — *Ibid.* In-fol.
                      ✳ [Lm³. **398.** C

—— Histoire généalogique de plusieurs maisons illustres de Bretagne, enrichie des armes et blasons d'icelles, de diverses fondations d'abbayes et de prieurez... avec l'histoire chronologique des évesques de tous les diocèses de Bretagne, par Fr. Augustin Du Paz,... — *Paris, N. Buon,* 1620. In-fol., pièces liminaires, 862 p. et la table, pl.
    2 ex. [Fol. Lm². **23** et Rés. Lm². **23**

6 Paris, Bibliothèque nationale, rue de Richelieu, consultation des fichiers.

7 Notices extraites du catalogue des Imprimés, Bibliothèque nationale, Paris.

« Bref, j'essayais de découvrir quelque chose sur mon ancienne famille, j'étais le premier Lebris de Kérouack à remettre les pieds en France, au bout de deux cent dix ans, pour essayer d'y voir clair... »

8 Signature autographe de Jack Kerouac, 22 juin 1965, Archives Pierre Le Bris, Brest.

« *Étudiant les cartes, décidant d'aller à pied partout, de manger, de retrouver la patrie de mes ancêtres à la Bibliothèque, et puis de me rendre en Bretagne, là où ils avaient vécu...* »

9 Jonathan Wolstenholme, *On Going on a Journey*, 2004, aquarelle, Collection particulière.

« Alors moi, je sors, et je descends la rue de Siam en plein jour, avec à la main cette valise qui pèse au moins une tonne. »

10

11

12

10, 11, 12 Vues de Brest dans les années 1960-1970 : la rue de Siam, la Librairie de la Cité, la gare.

13 Lettre de Jack Kerouac à Pierre Le Bris, 22 juin 1965, Archives Pierre Le Bris, Brest.

Est ce que vous savez le nom (celtique pour la langue, a/c Cornwall (Cournouailles)? — C'est KERNUAK (Ency.Brit.XI Ed.)

June 22, 1965

Cher M. Le Bris:

Il faut m'excuseR par ce que je ne sais pas comment d'éppelleR en Francais comme que je sais l'Anglais. J'assume (je pense) que vous ne pouvez pas comprendre l'Anglais. Vous ~~il n'avez~~ *me ne l'avez?* pas dit. J'attends votre lettre d'expli-quation apropos de les Lebris de Keroua (ou Keroac'h?). J'ai eu un bon temp avec vous dans votre office et je regrette d'avoir m'aidée trois fois à votre cognac. On a toute nos maladies. Apropos de vou j'ai écrit dan mes Memoires: "Pierre Le Bris, <u>an elegant Breton who lay in bed with ruptured hernia and his genealogic chart, himself covered by blankets and a huge soft pillow.....</u>" C'était le Msr. G. Didier de La Cigale qu'il m'a dit d'allez vous voire. Si vous avez le temps, écrivez moi apropos de quoi que vous savez apropos de les Lebris de Keroack ou Keroac'h ou Kirouack ou Karoac'h ou Kirouac ou Kérouac. Et je voudrai savoir votre deuxieme nom: c'était Kérnedec? Assure vous, monsieur, de ma sincerité, mon intérêt dans votre grande élégance, ma honneteté, et mes esperances pour votre bonne santée apres votre maladie. Surement, j'été traitée comme un prince dans votre maison. Écrit!

Jack Kerouac

Jack Kerouac
5155-10th Avenue North
St.Petersburg,Florida, U.S.A.
Zip: 33710

Mes égards a votre femme, vos jeunes filles charmantes, et votre ami l'écrivain de roman policier, un homme gentil.

D'Azur au chevron d'or accompagné de 3 clous d'argent. D.: AIMER, TRAVAILLER ET SOUFFRIR." (RIVISTA ARALDICA, IV, 240)

« Un vieux Lebris de Loudéac qui reverra certainement Lebris de Kéroack, à moins que l'un de nous deux ne meure ou l'un et l'autre. – Ce qui, je le rappelle à mes lecteurs, revient à dire : Pourquoi changer votre nom, à moins que vous n'ayez honte de quelque chose ? »

«– *Adieu, monsieur Raymond Baillet, dis-je. Quand Dieu dira : "Je suis vécu", nous aurons tous oublié à quoi rimaient toutes ces séparations.*»

14 Gare de Brest, 2005, photographie de Stuart Franklyn.

c'est un train de vacanciers qui rentrent au pays quelque chose comme l'Atlantic Coast Line, qui va de New York à Richmond, Rocky Mount, Florence, Charleston, Savannah, jusqu'en Floride, le 4 juillet[1] ou le jour de Noël ; et tout le monde porte des cadeaux, comme les Grecs ; mais on n'y fait pas attention.

Enfin, moi et ce sacré vieux Jean-Marie, on trouve le marchand de boissons ; on lui achète deux bouteilles de rosé et on s'assoit par terre un moment ; on cause avec un autre gars, et puis on rappelle le garçon quand il repasse devant nous après avoir liquidé presque tout son stock ; et on lui en reprend deux ; on devient de grands amis, et on regagne à toute vapeur le compartiment, en grande forme, ivres, échevelés. — Et ne croyez pas qu'on s'est pas dit un tas de choses sur notre compte, en français et non en parisien, alors que lui ne parle pas un mot d'anglais.

Je n'ai même pas pu jeter un coup d'œil par la vitre quand on est passés devant la cathédrale de Chartres, avec ses tours dissemblables dont l'une a cinq cents ans de plus que[2] l'autre.

---

1. Jour de la fête nationale des États-Unis, l'*Indépendence Day*, qui commémore la signature de la déclaration d'Indépendance ayant eu lieu le 4 juillet 1776.
2. *Older'n* : *older than.*

What gets me is that, after an hour Noblet and I were waving our wine bottles across the poor priest's face as we argued religion, history, politics, so suddenly I turned to him trembling there and asked : "Do you mind our wine bottles?"

He gave me a look as if to say : "You mean that lil ole winemaker me? No, no, I have a cold, you see, I feel awful sick."

"Il est malade, il à un rheum," (He's sick, he's got a cold) I told Noblet grandly. The Soldier was laughing all the while.

I said grandly to them all (and the English translation is beneath this) :– *"Jésu à été crucifié parce que, a place d'amenez l'argent et le pouvoir, il à amenez seulement l'assurance que l'existence à été formez par le Bon Dieu et elle appartiens au Bon Dieu le Père, et Lui, le Père, va nous élever au Ciel après la mort, ou parsonne n'aura besoin d'argent ou de pouvoir parce que ça c'est seulement après tout d'la poussière et de la rouille—Nous autres qu'ils n'ont pas vue les miracles de Jésu, comme les Juifs et les Romans et la 'tites poignée d'Grecs et d'autres de la rivière Nile et Euphrates, on à seulement de continuer d'accepter l'assurance qu'il nous à été descendu dans la parole sainte du nouveau testament—*

Ce qui me tracasse, c'est qu'au bout d'une heure, Noblet et moi, nous brandissons nos bouteilles de vin sous le nez du pauvre prêtre, tout en discutant religion, histoire, politique. Alors, tout d'un coup, je me tourne vers lui — il tremble comme une feuille — et lui demande :

« Elles vous dérangent nos bouteilles de vin ? »

Il me décoche un regard comme pour dire : « Vous croyez ça de moi, espèce de petit[1] soûlographe ? Non, non, j'ai un rhume, vous voyez, je suis terriblement mal en point. »

« Il est malade, il à un rheum », dis-je à Noblet sur un ton de grand seigneur. Le soldat, lui, n'arrêtait pas de rigoler.

Je leur dis, à tous, d'un ton empreint d'une grande noblesse : « *Jésu à été crucifié parce que, a place d'amenez l'argent et le pouvoir, il à amenez seulement l'assurance que l'existence à été formez par le Bon Dieu et elle appartiens au Bon Dieu le Père, et Lui, le Père, va nous élever au Ciel après la mort, ou parsonne n'aura besoin d'argent ou de pouvoir parce que ça c'est seulement après tout d'la poussière et de la rouille — Nous autres qu'ils n'ont pas vue les miracles de Jésu, commes les Juifs et les Romans et la 'tites poignée d'Grecs et d'autres de la rivière Nile et Euphrates, on à seulement de continuer d'accepter l'assurance qu'il nous à été descendu dans la parole sainte du nouveau testament —*

---

1. *Lil ole : little old.*

*C'est pareille comme ci, en voyant quelqu'un, on dira
'c'est pas lui, c'est pas lui!' sans savoir QUI est lui, et
c'est seulement le Fils qui connaient le Père—Alors, la
Foi, et l'Église qui à dèfendu la Foi comme qu'a
pouva.* " (Partly French Canuck.)

IN ENGLISH :– "Jesus was crucified because,
instead of bringing money and power, He only
brought the assurance that existence was created
by God and it belongs to God the Father, and He,
the Father, is going to elevate us to Heaven after
death, where no one will need money or power
because that's only after all dust and rust—We who
have not seen the Miracles of Jesus, like the Jews
and the Romans and the little handful of Greeks
and others from the Nile River and the Euphrates,
only have to continue accepting the assurance
which has been handed down to us in the Holy
Writ of the New Testament—It's just as though,
on seeing someone, we'd say 'It's not him, it's not
him!' without knowing WHO he is, and it's only the
Son who knows the Father—Therefore, Faith, and
the Church which defended the Faith as well as it
could."

No applause from the priest, but a side underlook, brief, like the look of an applauder, thank
God.

*C'est pareille comme ci, en voyant quelqu'un, on dira
"c'est pas lui, c'est pas lui!" sans savoir* QUI *est lui, et
c'est seulement le Fils qui connaient le Père* — *Alors, la
Foi, et l'Église qui à dèfendu la Foi comme qu'a pouva.* »
(Plus ou moins du français canuck[1].)

Aucune marque d'approbation de la part du
prêtre, seulement un œil coulé en biais, très vite,
comme le regard de quelqu'un qui applaudit,
merci mon Dieu.

1. Canuck : français du Canada.

Was that my satori, that look, or Noblet?

In any case it grew dark and when we got to Rennes, in Brittany now, and I saw soft cows out in the meadows blue dark near the rail, Noblet, against the advice of the *farceurs* (jokesters) of Paris advised me not to stay in the same coach, but change to three coaches ahead, because the train-men were gonna make a cut and leave me right there (headed, really, however, for my real ancestral country, Cornouialles and environs) but the trick was to get to Brest.

He led me off the train, after the others, and walked me down the steaming station platform, stopped me at a liquor man so I could buy me a flask of cognac for the rest of the ride, and said goodbye : he was home, in Rennes, and so was the priest and the soldier, Rennes the former capital of all Brittany, seat of an Archbishop, headquarters of the 10th Army Corps, with the university and many schools, but not the real deep Brittany because in 1793 it was the headquarters of the Republican Army of the French Revolution against the Vendéans further in. And has ever since then been made the tribunal watchdog over those wild dog places.

Ç'a été cela, mon satori, ce regard, ou bien Noblet?

En tout cas, la nuit tomba, et quand nous arrivâmes à Rennes, en territoire breton maintenant, et que je vis de tendres vaches dans les prés bleunoir, près des clôtures, Noblet, contrairement aux renseignements donnés par les *farceurs* de Paris, me conseilla de ne pas rester dans le même wagon, mais d'aller trois voitures plus avant, parce que les cheminots allaient couper le train et me laisser en plan (moi qui allais, en fait, vers le vrai pays de mes ancêtres, la Cornouaille et ses environs) ; or, il me fallait à tout prix me rendre à Brest.

Il m'aida à descendre du train, après les autres, et me montra le chemin sur le quai noyé dans la vapeur ; il m'arrêta devant un marchand de spiritueux, afin que je puisse m'acheter un flacon de cognac pour le reste du trajet, et me dit au revoir : il était chez lui, à Rennes, de même que le prêtre et le soldat, Rennes, ancienne capitale de toute la Bretagne, résidence de l'archevêque, quartier général du 10e corps d'armée, nantie d'une université et de nombreuses écoles ; mais ce n'est pas vraiment le cœur de la Bretagne, parce qu'en 1793, Rennes était le quartier général de l'armée républicaine de la Révolution française qui se battait contre les Vendéens, installés plus avant. Et depuis, elle est devenue et restée un tribunal, le chien policier qui surveille ces repaires de chiens sauvages.

La Vendée, the name of the war between those two forces in history, was this :– the Bretons were against the Revolutionaries who were atheists and headcutters for fraternal reasons, while the Bretons had paternal reasons to keep to their old way of life.

Nothing to do with Noblet in 1965 A.D.

He disappeared into the night like a Céline character but what's the use of similes when discussing a gentleman's departure, and high as a noble at that, but not as drunk as me.

We'd come 232 miles from Paris, had 155 to go to Brest (end, *finis*, land, *terre*, Finistère), all the sailors still on board the train as naturally, as I didnt know, Brest is a Naval Base where Chateaubriand heard the booming cannons and saw the fleet come in triumphant from some fight in 1770's sometime.

My new compartment is just a young mother with a cantankerous baby daughter, and some guy I guess her husband, and I just occasionally sip my cognac then go out in the alleyway to look out the window at passing darkness with lights, a lone granite farmhouse with lights on just downstairs in the kitchen, and vague hints of hills and moors.

Clickety clack.

La Vendée, tel était le nom de la guerre entre ces deux armées historiques : — Les Bretons étaient contre les révolutionnaires, qui étaient des athées, qui tranchaient les têtes au nom de la fraternité, tandis que les Bretons avaient des raisons paternelles de rester fidèles à leur ancien mode de vie.

Rien à voir avec le Noblet de l'an de grâce 1965 A.D[1].

Il disparut dans la nuit, tel un personnage de Céline, mais à quoi peuvent servir les comparaisons quand on parle du départ d'un gentleman, véritable grand seigneur par surcroît, bien qu'il ne fût pas aussi ivre que moi.

Nous étions à 370 kilomètres de Paris, il en restait 250 pour arriver à Brest (*finis*, la fin, de la *terre*, Finistère) ; tous les marins étaient restés à bord, naturellement, puisque Brest, comme je l'ignorais, est une base navale où Chateaubriand entendit gronder le canon et vit entrer triomphalement la flotte qui revenait de quelque combat, en 1770 et des poussières.

Dans mon nouveau compartiment, simplement, une jeune mère avec sa toute petite fille, un bébé bien turbulent, et un gars qui doit être son mari ; et moi, de temps en temps seulement, je bois une gorgée de cognac et puis je vais dans le couloir pour regarder à travers la vitre l'obscurité qui passe, ponctuée de lumière, une ferme de granit solitaire avec la lampe allumée dans une seule pièce, la cuisine, au rez-de-chaussée ; et de vagues aperçus de collines et de landes.

Tagadac, tagadac.

1. A.D. : *Anno Domini.*

22

I get pretty friendly with the young couple and at St. Brieuc the trainman yells out "S a i n t B r r i e u!"—I yell out "Saint Brieuck!"

Trainman, seeing nobody's getting much off or on, the lonely platform, repeats, advising me how to pronounce these Breton names : "Saint Brrieu!"

"Saint Brieuck!" I yell, emphasizing as you see the "c" noise of the thing there.

"Saint Brrieu!"

"Saint Brieuck!"

"Saint Brrieu!"

"Saint Brrieuck!"

"Saint Brrrieu!"

"Saint Brrrieuck!"

Here he realizes he's dealing with a maniack and quits the game with me and it's a wonder I didn't get thrown off the train right there on the wild shore here called Coasts of the North (Côtes du Nord) but he didnt even bother, after all the Little Prince had his firstclass ticket and Little Prick more likely.

But that was funny and I still insist, when you're in Brittany (Armorica the ancient name), land of Kelts, pronounce your "K's" with a *kuck*

Je bavarde amicalement avec le jeune couple et, à Saint-Brieuc, l'employé crie : « Saint-Brrieu ! »
— Moi je crie : « Saint-Brieuck ! »

L'employé, voyant que personne ne descend sur le quai désert ni ne monte dans le train, répète, pour me montrer comment on prononce ces noms bretons : « Saint-Brrieu !

— Saint-Brieuck ! hurlé-je en appuyant bien sur le *c*, à la fin du mot.
— Saint-Brrieu !
— Saint-Brieuck !
— Saint-Brrieu !
— Saint-Brieuck !
— Saint-Brrieu !
— Saint-Brieuck ! »

Il s'aperçoit alors qu'il a affaire à un fou, et cesse de jouer avec moi, et il est bien admirable que je ne me sois pas fait jeter à bas du train, en ce lieu même, sur la côte sauvage qu'on appelle ici les Côtes-du-Nord[1], mais il ne se donne même pas cette peine ; après tout, le Petit Prince a son billet de première classe et aussi sa petite pince, très vraisemblablement.

Mais l'affaire a un côté comique, et j'insisterai davantage sur ce point : en Bretagne (ou en Armorique, appellation ancienne), pays des Kelts, prononcez vos *k* et faites-les bien claquer.

---

1. Depuis 1990, les Côtes-d'Armor.

—And as I've said elsewhere, if "Celts" were pronounced with a soft "s" sound, as the Anglo-
Saxons deem to do, my name would sound like
this : (and other names) :–

Jack Serouac
Johnny Sarson
Senator Bob Sennedy
Hopalong Sassidy
Deborah Serr (or Sarr)
Dorothy Silgallen
Mary Sarney
Sid Simpleton
    and the
        Stone Monuments of Sarnac
            via Sornwall.

And anyway there's a place in Cornwall called
St. Breock, and we all know how to pronounce
that.

We finally arrive in Brest, end of the line, no
more land, and I help the wife and husband out
holding their portable crib thing—And there she is,
grim misting fog, strange faces looking at the few
passengers getting off, a distant hoot of a boat, and
a grim cafe across the street where Lord I'll get no
sympathy, I've come to trapdoor Brittany.

Cognacs, beers, and then I ask where's the hotel,
right across the construction field—To my left,
stone wall overlooking grass and sudden drops and
dim houses—Foghorn out there—The Atlantic's
bay and harbor—

— Et, comme je l'ai dit ailleurs, si «Celte» était prononcé avec un *s* doux, ainsi que les Anglo-Saxons veulent le faire, mon nom se prononcerait ainsi : (lui et bien d'autres) : —

Jack Serouac,
Johnny Sarson,
Sénateur Bob Sennedy,
Hopalong Sassidy,
Deborah Serr (ou Sart),
Dorothy Silgallen,
Mary Sarney,
Sid Simpleton,
   et les
      Monuments de pierre de Sarnac,
         en Sornouaille.

Et d'ailleurs, il y a en Cornouaille un patelin appelé Saint-Breock et nous savons tous comment prononcer ce nom.

Nous arrivons enfin à Brest; c'est le terminus, le bout de la terre, et j'aide la femme et le mari à descendre leur berceau portatif. — Et elle est là, avec ce brouillard sinistre qui tombe en crachin, ces visages inconnus qui regardent descendre les rares voyageurs, la sirène lointaine d'un bateau, et un café lugubre en face où, Seigneur, je n'aurai aucune sympathie, je suis arrivé à la trappe de la Bretagne.

Cognacs et bières, et puis je demande où est l'hôtel : juste en face, de l'autre côté des constructions. — À ma gauche, mur de pierre dominant l'herbe, brusque dénivellation et maisons aux contours vagues. — Une corne de brume là-bas. — La baie de l'Atlantique et le port —

Where's my suitcase? asks the desk man in the grim hotel, why it's in the air line office I guess—

No rooms.

Unshaven, in a black raincoat with rain hat, dirty, I walk outa there and go sploopsing up dark streets looking like any decent American Boy in trouble, old or young, for the Main Drag—I instantly recognize it for what it is, Rue de Siam, named after the King of Siam when he visited here on some dull visit certainly grim too and probably ran back to his tropical canaries as quick as he could since the new mason breastworks of Colbert certainly dont inspire no hope in the heart of a Buddhist.

But I'm not a Buddhist, I'm a Catholic revisiting the ancestral land that fought for Catholicism against impossible odds yet won in the end, as *certes*, at dawn, I'll hear the tolling of the *tocsin* churchbells for the dead.

I hit for the brightest looking bar on Rue de Siam which is a main street like the ones you used to see, say, in the 40's, in Springfield Mass., or Redding Calif., or that main street James Jones wrote about in "Some Came Running" in Illinois—

Où est ma valise ? s'inquiète le réceptionniste du sinistre hôtel, eh quoi, dans les locaux de la compagnie aérienne, sans doute.

Pas de chambre.

Sale, pas rasé, avec mon imper noir et mon chapeau de pluie je sors de là, et remonte des rues noires, en pataugeant, cherchant, comme tout Américain en difficulté, jeune ou vieux, la rue principale. — Je la reconnais instantanément, c'est la rue de Siam, ainsi appelée en l'honneur du roi de Siam quand il est venu dans cette ville ; une visite ennuyeuse et sinistre certainement, elle aussi ; et il est sans doute reparti, le plus vite possible, pour retrouver ses canaris tropicaux, car les nouveaux parapets de maçonnerie de Colbert ne peuvent faire entrer le moindre espoir dans le cœur d'un bouddhiste.

Mais je ne suis pas bouddhiste, je suis un catholique en pèlerinage sur cette terre ancestrale qui s'est battue pour le catholicisme, à dix contre un[1], et qui a pourtant fini par gagner, car *certes*, à l'aube, je vais entendre sonner le *tocsin*, les cloches vont sonner pour les morts.

Je me dirige vers le bar le mieux éclairé de la rue de Siam, qui est une grande rue comme celles que vous voyiez, disons, durant les années quarante, à Springfield, Massachusetts, ou Redding, Californie, ou comme la grande rue que James Jones[2] a décrite dans *Some Came Running*, dans l'Illinois —

1. *Odds* : cote. *Odds of 10 to 1* : une cote de 10 contre 1.
2. *Some Came Running* fut un best-seller de l'écrivain américain James Jones, porté à l'écran par Vicente Minelli, avec Frank Sinatra, Dean Martin et Shirley McLaine.

The owner of the bar is behind his cash register doping out the horses at Longchamps—I immediately talk, tell him my name, his name is Mr. Quéré (which reminds me of the spelling of Québec) and he lets me sit and goof and drink there all I want— Meanwhile the young bartender is also glad to talk to me, has apparently heard of my books, but after awhile (and just like Pierre LeMaire in La Gentil-hommière) he suddenly stiffens, I guess from a sign from the boss, too much work to do, wash your glasses in the sink, I've outworn me welcome in another bar—

I've seen that expression on my father's face, a kind of disgusted lip-on-lip WHAT's-THE-USE phooey, or ploof, (dédain) or plah, as he either walked away a loser from a racetrack or out of a bar where he didn't like what happened, and elsetimes, especially when thinking of history and the world, but that's when I walked out of that bar when that expression came over my own face—And the owner, who'd been really warm for a half hour, returned his attention to his figures with the sly underlook of after all a busy patron anywhere—But something had swiftly changed. (Gave my name for the first time.)

Their directions given to me for to find a hotel room did not evolve or *de*-volve me an actual brick and concrete place with a bed inside for me to lay my head in.

Le patron du bar est à la caisse, il se tuyaute sur les chevaux de Longchamp. — Je parle incontinent, je lui dis mon nom ; lui s'appelle M. Quéré (ce qui me rappelle la ville de Québec) ; et il me laisse m'asseoir et battre la campagne, et boire tout ce que je veux. — D'ailleurs le serveur est heureux lui aussi de pouvoir causer avec moi ; apparemment, il a entendu parler de mes livres, mais au bout d'un moment (et exactement comme Pierre LeMaire à La Gentilhommière) il se raidit soudain, à un signe de son patron, je crois ; trop de travail, lave tes verres dans l'évier ; encore un bar où la cordialité de l'accueil a fini par s'émousser —

J'ai vu cette expression-là sur le visage de mon père, une sorte de lippe dégoûtée, À QUOI ÇA SERT, ffou, ou flouf (*dédain*), ou plah comme lorsqu'il s'éloignait du champ de courses après avoir perdu, ou qu'il sortait d'un bar où il n'aimait pas ce qui se passait, ou encore, surtout quand il pensait à l'histoire du monde ; mais pour moi, c'est quand je suis sorti de ce bar que cette impression est apparue sur mon visage. — Et le tenancier, qui avait été vraiment aimable pendant une demi-heure, reporta son attention sur ses chiffres, avec le regard sournois et chafouin qu'un patron affairé aura n'importe où. — Mais un changement rapide s'était opéré. (J'avais donné mon nom, pour la première fois.)

Les indications qu'ils m'avaient prodiguées pour trouver une chambre d'hôtel ne me rapprochèrent ni ne m'éloignèrent d'une maison véritable de brique et de béton avec, à l'intérieur, un lit pour y poser ma tête.

Now I was wandering in the very dark, in the fog, everything was closing down. Hoodlums roared by in small cars and some on motorcycles. Some stood on corners. I asked everybody where there was a hotel. Now they didnt even know. Gettin on 3 A.M. Groups of hoodlums came and went across the street from me. I say "hoodlums" but with everything closed, the final music joint already discharging a few wrangling customers who bellowed confusedly around cars, what was left i' the streets?

Miraculously, yet, I suddenly passed a band of twelve or so Naval inductees who were singing a martial song in chorus on the foggy corner. I went right up to em, looked at the head singer, and with me alcoholic hoarse baritone went "A a a a a a h"— They waited—

"V é é é é"

They wondered who this nut was.

"M a h – r e e e e e – ee — ee — aaaah!"

Ah, *Ave Maria*, on the next notes I knew not the words but just sang the melody and they caught on, caught up the tune, and there we were a chorus with baritone and tenors singing like sad angels suddenly slowly—And right through the whole first chorus—In the foggy foggy dew—Brest Brittany

Maintenant j'errais au cœur de la nuit, dans le brouillard ; tout fermait. Des malfrats passaient dans de petites voitures vrombissantes ; il y en avait aussi à motocyclette. D'autres étaient plantés aux carrefours. Je demandais à tous où il y avait un hôtel. Maintenant ils ne savaient même plus. Trois heures du matin bientôt. Des groupes de malfrats allaient et venaient, traversaient la rue à mon approche. Je dis bien des malfrats, mais tout était fermé, les dernières boîtes de nuit dégorgeaient déjà quelques clients tapageurs qui braillaient confusément autour de leurs voitures, que serait-il resté d'autre dans les rues ?

Un miracle, pourtant, je rencontrai soudain une bande d'une douzaine de matelots[1] qui chantaient en chœur un air martial, dans le brouillard d'un carrefour. J'allai droit à eux, regardai le chef des chœurs, et de ma voix de baryton enrouée par l'alcool, je commençai « Aaaaaah. » — Ils attendirent. —

« Véééé ».

Ils se demandaient quel était ce cinglé.

« mah — r i i i i i — i i — i i — aaaah ! »

Ah, *Ave Maria*, les notes suivantes, je n'en savais pas les paroles, mais j'ai chanté la mélodie, et ils ont repris, repris l'air, et nous étions là tous, formant un chœur, avec baryton et ténors chantant comme des anges tristes, lentement tout d'un coup. — Et jusqu'au bout du premier refrain. — Dans la rosée, la brume et la brume. — Brest Bretagne.

---

1. *Inductees* : conscrits.

—Then I said *"Adieu"* and walked away. They never said a word.

Some nut with a raincoat and a hat.

23

Well, why do people change their names? Have they done anything bad, are they criminals, are they ashamed of their real names? Are they afraid of something? Is there any law in America against using your own real name?

I had come to France and Brittany just to look up this old name of mine which is just about three thousand years old and was never changed in all that time, as who would change a name that simply means House (Ker), In the Field (Ouac)—

Just as you say Camp (Biv), In the Field (Ouac) (unless "bivouac" is the incorrect spelling of an old Bismarck word, silly to say that because "bivouac" was a word used long before 1870 Bismarck)—the name Kerr, or Carr, simply means *House*, why bother with a field?

I knew that the name of Cornish Celtic Language is Kernuak. I knew that there are stone monuments called dolmens (tables of stone) at Kérial in Carnac, some called alignments at Kermario, Kérlescant and Kérdouadec, and a town nearby called Kéroual,

— Et puis j'ai dit « *Adieu* », et je m'en suis allé. Ils n'avaient pas dit un seul mot.

Une espèce de cinglé, avec un imperméable et un chapeau.

23

Enfin, pourquoi les gens changent-ils de nom ? Ont-ils fait quelque chose de mal, sont-ils des criminels, ont-ils honte de leur vrai nom ? Ont-ils peur de quelque chose ? Y a-t-il en Amérique une loi interdisant d'utiliser votre vrai nom ?

J'étais venu en France et en Bretagne, uniquement pour opérer des recherches sur ce vieux nom qui est le mien, qui a près de trois mille ans, et qui n'a jamais changé durant tout ce temps. Qui voudrait changer un nom qui signifie simplement maison (ker), dans le champ (ouac) —

Exactement comme vous dites camp (biv), dans le champ (ouac) (à moins que « bivouac » ne soit dû à l'orthographe erronée d'un vieux mot bismarckien), mais cette hypothèse est idiote, car le mot « bivouac » a été utilisé bien avant (1870) — le nom kerr, ou carr, signifie simplement *maison*, pourquoi s'encombrer d'un champ ?

Je savais que la langue celtique parlée en Cornouaille s'appelle le kernuak. Je savais qu'il y a des monuments de pierre appelés dolmens (tables de pierre) à Kérival en Carnac, d'autres appelés alignements à Kermario, Kerlescant et Kerdouadec, et qu'une ville, non loin de là, est appelée Kéroual ;

and I knew that the original name for Bretons was "Breons" (i.e., the Breton is *Le Breon*) and that I had an additive name "Le Bris" and here I was in "Brest" and did this make me a Cimbric spy from the stone monuments of Riestedt in Germany? Rietstap also the name of the German who painstakingly compiled names of families and their scocheons and had my family included in "Rivista Araldica".—You say I'm a snob?—I only wanted to find out why my family never changed their name and perchance find a tale there, and trace it back to Cornwall, Wales, and Ireland and maybe Scotland afore that I'm sure, then down over to the St. Lawrence River city in Canada where I'm told there was a Seigneurie (a Lordship) and therefore I can go live there (along with my thousands of bow-legged French Canadian cousins bearing the same name) and *never pay taxes*!

Now what redblooded American with a Pontiac, a big mortgage and ulcers at March-time is not interested in this great adventure!

Hey! I should've also sang to the Navy boys:

> *I joined the Navy*
> *To see the world*
> *And whaddid I see?*
> *I saw the sea.*

et je savais que l'appellation originelle des Bretons était «Breons» (c'est-à-dire que le Breton est *le Breon*) et que j'avais un additif à mon nom : «Le Bris»; et j'étais ici, à Brest; cela faisait-il de moi un espion cimbrique[1], sorti des monuments de pierre de Riestedt, en Allemagne? Rietstap, c'est aussi le nom de l'Allemand qui a laborieusement établi la liste des noms patronymiques avec leurs armoiries et qui a fait figurer ma famille dans la *Rivista Araldica.* — Vous dites que je suis snob? — J'ai seulement tenu à savoir pourquoi ma famille n'a jamais voulu changer de nom et j'espérais avoir la chance de trouver là un indice, et de pouvoir remonter à la source, en Cornouailles, au pays de Galles, et en Irlande, et peut-être en Écosse, pour avoir vraiment une certitude, puis me rendre au Canada à la cité de Saint-Laurent, où, m'a-t-on dit, il y eut une Seigneurie; et par conséquent, je pourrais y aller vivre (avec des milliers de Canadiens aux jambes arquées, des cousins à moi, qui portent le même nom) *sans jamais payer d'impôts*!

Or quel Américain vigoureux, ayant une Pontiac, de grosses hypothèques et des ulcères au début du printemps, n'est pas intéressé par cette grande aventure!

Hé! J'aurais dû aussi chanter cela, aux matelots :

> *J'me suis engagé dans la Flotte*
> *Voir le monde était mon but*
> *Et keksè donc k'j'ai vu ?*
> *C'que j'ai vu, c'est la flotte.*

1. Cimbri : peuplade d'origine teutonne ou celte qui, après avoir envahi l'Italie, a été détruite par les Romains en 105 avant Jésus-Christ.

Now I'm getting scared, I suspect some of those guys crisscrossing the streets in front of my wandering path are fixing to mug me for my two or three hundred bucks left—It's foggy and still except for sudden squeek wheels of cars loaded with guys, no girls now—I get mad and go up to an apparent elderly printer hurrying home from work or cardgame, maybe my father's ghost, as surely my father musta looked down on me that night in Brittany at last where he and all his brothers and uncles and their fathers had all longed to go, and only poor Ti Jean finally made it and poor Ti Jean with his Swiss Army knife in the suitcase locked in an airfield twenty miles away across the moors— He, Ti Jean, threatened now not by Bretons, as on those tourney mornings when flags and public women made fight an honorable thing I guess, but in Apache alleys the slur of Wallace Beery and worse than that of course, a thin mustache and a thin blade or a small nickel plated gun

Je commence à avoir peur pour de bon, je soup-
çonne certains de ces drôles, qui arpentent en tous
sens les rues que je prends dans ma course vaga-
bonde, de vouloir m'agresser pour s'emparer des
deux ou trois cents dollars qui me restent. — Le
brouillard sévit, tout est calme, à l'exception des
crissements soudains des voitures pleines de types;
plus de filles maintenant. — La moutarde me
monte au nez; j'aborde une espèce d'imprimeur
apparemment d'un certain âge, qui rentre chez lui
d'un pas pressé au sortir du travail ou d'une partie
de cartes, le fantôme de mon père, peut-être, car
c'est sûrement ainsi que mon père m'aurait regardé
cette nuit-là en Bretagne enfin, en cette Bretagne
où lui et tous ses frères, ses oncles et leurs pères,
avaient tous tant voulu aller; et seul le pauvre Ti
Jean[1] avait fini par y arriver, le pauvre Ti Jean avec
son couteau de l'armée suisse rangé dans la valise
qui se trouvait bloquée sur un aérodrome, à trente
kilomètres de là, de l'autre côté de la lande. — Lui,
Ti Jean, menacé maintenant non pas par des Bretons, comme lors de ces matins de tournois, où
drapeaux et femmes publiques faisaient de la lutte
une occupation honorable, je crois; mais dans ces
ruelles à apaches, c'est l'ombre inquiétante de Wallace Beery[2], et pis encore, bien sûr, une fine moustache et une fine lame, ou un petit revolver nickelé.

1. Surnom que donnaient à Kerouac ses parents.
2. Wallace Beery (1886-1949) : acteur américain qui joua dans
Le dernier des Mohicans (1920).

—No garrottes please, I've got my armor on, my Reichian character armor that is—How easy to joke about it as I scribble this 4,500 miles away safe at home in old Florida with the doors locked and the Sheriff doin his best in a town at least as bad but not as foggy and so dark—

I keep looking over my shoulder as I ask the printer "Where are the gendarmes?"

He hurries past me thinking it's just a lead-in question to mug him.

On Rue de Siam I ask a young guy *"Ou sont les gendarmes, leurs offices?"* (Where are the gendarmes, their office?)

"Dont you want a cab?" (in French).

"To go where? There are no hotels?"

"The police station is down Siam here, then left and you'll see it."

"Merci, Monsieur."

I go down believing he gave me another bum steer as he's in cahoots with the hoodlums, I turn left, look over my shoulder, things have gotten suddenly mighty quiet, and I see a building blurring lights in the fog, the back of it, that I figure is the police station.

I listen. Not a sound anywhere. No screeching tires, no mumble voices, no sudden laughs.

— Non, pas d'étranglement, s'il vous plaît, j'ai mis mon armure, je veux dire l'armure de ce qui est reichien en moi. — Comme c'est facile de plaisanter là-dessus, maintenant que je gribouille ces lignes à 6 000 kilomètres de distance, en lieu sûr, chez moi, en Floride, les portes bien closes, alors que le shérif se dépense sans compter dans une ville au moins aussi mal famée mais moins brumeuse, moins sombre.

Sans cesser de regarder derrière moi, je demande à l'imprimeur :

« Où sont les gendarmes ? »

Il continue son chemin, sans ralentir, prenant ma question pour un piège, pensant que je veux l'agresser.

Rue de Siam, je demande à un jeune gars.

« Ou sont les gendarmes, leurs offices ?

— C'est un taxi que vous voulez ?

— Pour aller où ? Il n'y a pas d'hôtels ?

— Le poste de police ? Vous descendez un peu la rue de Siam, vous tournez à gauche, vous verrez.

— *Merci, Monsieur.* »

Je descends la rue, persuadé qu'il m'a donné un tuyau qui ne vaut rien, qu'il est de mèche avec les bandits ; je tourne à gauche, regarde derrière moi, par-dessus mon épaule ; tout est devenu bien calme tout d'un coup ; et j'aperçois des lanternes, estompées par le brouillard, qui éclairent vaguement l'arrière d'une bâtisse ; je conclus que c'est là le poste de police.

J'écoute. Pas un son nulle part. Ni crissements de pneus, ni voix étouffées, ni rires soudains.

155

Am I crazy? Crazy as that raccoon in Big Sur Woods, or the sandpiper thereof, or any Olsky-Polsky Sky Bum, or Route Sixty Six Silly Elephant Eggplant Sycophant and with more to come.

I walk right into the precinct, take my American green passport from out my breast pocket, present it to the gendarme desk sergeant and tell him I cannot wander these streets all night without a room, etc., have money for a room etc., suitcase locked up etc., missed my plane etc., am a tourist etc. and I am afearéd.

He understood.

His boss came out, the lieutenant I guess, they made a few calls, got a car out front, I stuck 50 francs at the desk sergeant saying *"Merci beaucoup."*

He shook his head.

It was one of the only three bills I had left in my pocket (50 francs is worth $10) and when I reached into my pocket I thought maybe it was one of the 5 franc notes, or a ten, in any case the fifty came out like when you draw a card anyway, and I felt ashamed to think I was trying to bribe them, it was only a tip—But you dont "tip" the police of France.

Suis-je fou ? Fou comme ce raton laveur dans les bois de Big Sur, ou comme le bécasseau de la plage là-bas, ou comme n'importe quel clochard céleste Olsky-Polsky, Skaslag Eulenski, ou comme l'éléphant-blanc-ortolan flagorneur de la Route 66 qui s'est assis transi, durci par les soucis ; la suite à plus tard.

Sans hésiter j'entre dans le commissariat ; je sors mon passeport américain de couleur verte de la poche intérieure de ma veste et le présente au sergent de ville assis au bureau, disant que je ne peux pas errer dans les rues jusqu'à la saint-glinglin sans avoir de chambre, etc., que j'ai de l'argent pour la payer, etc., que ma valise est bouclée, que j'ai raté mon avion, etc., que je suis un touriste, etc., et que j'ai peur[1].

Il a compris.

Et voici le patron, un lieutenant, je crois ; ils donnent quelques coups de téléphone, font venir un fourgon devant la porte. Je tends cinquante francs au sergent en disant : « *Merci beaucoup.* »

Il fait non de la tête.

C'était un des trois seuls billets restant dans ma poche (50 francs correspondent à 10 dollars), et en le prenant du bout des doigts, j'ai pensé que c'était peut-être une coupure de cinq francs, ou de dix ; en tout cas, c'est le billet de cinquante qui est sorti, comme quand on tire une carte, et j'ai eu honte à la pensée que j'essayais de les corrompre ; ce n'était qu'un pourboire. — Seulement voilà, on ne donne pas de « pourboire » à la police, en France.

1. *Afearèd* : *afraid.*

In fact this *was* the Republican Army defending a descendant of the Vendéan Bretons caught without his trapdoor.

Like the 20 centimes in St. Louis de France that I shouda stuck in the poorbox, as gold of the real Caritas, I really could have dropped it on the stationhouse floor as I went out but how can such a thought spontaneously enter the head of a crafty worthless Canuck like me?

Or if the thought had entered my mind, would they cry bribe?

No—the Gendarmes of France have a school of their own.

25

This cowardly Breton (me) watered down by two centuries in Canada and America, nobody's fault but my own, this Kerouac who would be laughed at in Prince of Wales Land because he cant even hunt, or fish, or fight a beef for his fathers, this boastful, this prune, this rage and rake and rack of lacks,

En fait, c'était l'armée républicaine défendant un descendant des Bretons vendéens surpris hors de sa trappe.

Comme les 20 centimes de Saint-Louis-de-France que j'aurais dû glisser dans le tronc des pauvres, car c'était l'or de la vraie *caritas*; j'aurais évidemment pu jeter le billet à terre, dans le commissariat, en sortant, mais comment une telle pensée peut-elle pénétrer spontanément dans la tête d'un vil et rusé Canadien français comme moi?

Et si la pensée m'était venue à l'esprit, auraient-ils crié à la corruption?

Non. — Les Gendarmes de France ont une école bien à eux.

25

Ce poltron de Breton (moi) dégénéré par les deux siècles passés au Canada et en Amérique, personne n'est fautif, sauf moi, ce Kerouac dont tout le monde se gausserait sur les terres du prince de Galles, parce qu'il n'est même pas capable de chasser ou de pêcher, ou de se battre pour ses pères, ce vantard, ce péquenot, ce dévoyé roué, qui fait le Jack au cognac[1]

1. Jeu sur les sonorités impossible à traduire mot à mot.

"this trunk of humours" as Shakespeare said of Falstaff, this false staff not even a prophet let alone a knight, this fear-of-death tumor, with tumescences in the bathroom, this runaway slave of football fields, this strikeout artist and base thief, this yeller in Paris salons and mum in Breton fogs, this farceur jokester at art galleries of New York and whimperer at police stations and over longdistance telephones, this prude, this yellowbellied aide-de-campe with portfolio full of port and folios, this pinner of flowers and mocker at thorns, this very *Hurracan* like the gasworks of Manchester and Birmingham both, this ham, this tester of men's patience and ladies' panties, this boneyard of decay eating at rusty horse shoes hoping to win a game from... This, in short, scared and humbled dumbhead loudmouth with-the-shits descendant of man.

The gendarmes have a school of their own, meaning, they dont accept bribes or tips, they say with their eyes : "To each his own, you with your fifty francs, me with my honorable civic courage— and civil at that."

cette outre pleine d'humeurs, comme le disait Shakespeare en parlant de Falstaff[1], ce piaf de Falstaff plus que paf, en carafe, qui n'est même pas un prophète, encore moins un chevalier, cette tumeur morte de peur à l'idée de la mort, avec des tumescences plein la salle de bains, ce serf évadé des terrains de football[2], cet artiste radié, ce vil voleur veule, ce braillard des salons de Paris qui avale sa langue dans la brume bretonne, ce farceur de blagueur des galeries d'art de New York qui s'en va pleurnicher dans les commissariats et au micro des téléphones longue distance, ce bégueule chichiteux, cet aide de camp à tripes jaunes, au portefeuille bourré de porto et de feuilles, cet épingleur de fleurs, ce persifleur d'épines, cet *ouragan* semblable aux gazomètres de Manchester et de Birmingham réunis, ce jambon, ce testeur de la patience des hommes et des gaines des dames, ce cimetière de la pourriture mangeant les fers à cheval rouillés dans l'espoir de gagner une manche… Bref, ce descendant d'homme pétochard humilié, abruti, braillard et cul-foireux.

Les gendarmes ont une école bien à eux, ce qui veut dire qu'ils n'acceptent ni pots-de-vin ni pourboires, et ils disent avec leurs yeux : « À chacun son bien, vous avez vos cinquante francs, et moi avec l'honneur de mon courage civique — et civil, qui plus est. »

---

1. Brigand truculent, vantard et lâche dans les pièces *Henri IV* et *Henri V* de Shakespeare. Jeu de mots avec *false* (faux) et *staff* (personnel).
2. Football américain.

Boom, he drives me to a little Breton inn on Rue Victor Hugo.

26

A haggard guy like any Irishman comes out and tightens his bathrobe at the door, listens to the gendarmes, okay, leads me into the room next to the desk which I guess is where guys bring their girls for a quickie, unless I'm wrong and taking off again on joking about life—The bed is perfect with seventeen layers of blankets over sheets and I sleep for three hours and suddenly they're yelling and scrambling for breakfast again with shouts across courtyards, bing, bang, clatter of pots and shoes dropping on the second floor, cocks crowing, it's France and morning—

I gotta see it and anyway I cant sleep and where's my cognac!

I wash my teeth with my fingers at the little sink and rub my hair with my fingertips wishing I had my suitcase and step out in the inn like that looking for the toilet naturally. There's old Innkeeper, actually a young guy 35 and a Breton, I forgot or omitted to ask his name,

162

Et en avant, il me conduit à une petite auberge bretonne de la rue Victor-Hugo.

26

Un gars hagard, une vraie tête d'Irlandais, s'amène à la porte en nouant la ceinture de son peignoir de bain, il écoute les gendarmes, O.K., et me pilote jusqu'à la chambre qui jouxte le bureau de réception; je devine que c'est là que viennent les clients pour une entrevue rapide avec la petite amie, à moins que je ne me trompe en parlant aussi légèrement de choses sérieuses. — Le lit est parfait, avec dix-sept épaisseurs de couvertures au-dessus des draps, et je dors pendant trois heures; et soudain, voilà que ça beugle, et que ça crapahute : le petit déjeuner, une fois de plus, on s'interpelle d'un côté à l'autre de la cour, bing, bang, cliquetis de pots, claquements de chaussures qui tombent au second étage, cocoricos; c'est la France du matin —

Faut que je voie ça, puisque aussi bien y a pas moyen de dormir. Et mon cognac, où il est?

Je me lave les dents, avec l'index, au petit lavabo, je me frotte les cheveux du bout des doigts, regrettant de ne pas avoir ma valise, et j'émerge dans l'auberge, tel quel, en quête des toilettes ça va de soi. Ce bon aubergiste, le voilà, en fait, un jeune gars, trente-cinq ans, un Breton, j'ai oublié, ou omis, de lui demander son nom;

but he doesnt care how wildhaired I am and that the gendarmes had to find me a room, "There's the toilet, first right."

"La Poizette ah?" I yell.

He gives me the look that says "Get in the toilet and shut up."

When I come out I am trying to get to my sink in my room to comb my hair but he's already got breakfast coming for me in the diningroom where nobody is but us—

"Wait, comb my hair, get my cigarettes, and, ah, how about a beer first?"

"Wa? You crazy? Have your coffee first, your bread and butter."

"Just a little beer."

"AWright, awright, just one—Sit here when you get back, I've got work to do in the kitchen."

But this is all spoken that fast and even, but in Breton French which I dont have to make an effort like I do in Parisian French, to enunciate : just · *"Ey, weyondonc, pourquoi t'a peur que j'm'dégrise avec une 'tite bierre?"* (Hey, come on, how come you're scared of me sobering up with a little beer?)

"On s'dégrise pas avec la bierre, Monsieur, mais avec le bon petit déjeuner." (We dont sober up with beer, Monsieur, but with a nice breakfast.)

"Way, mais on est pas toutes des soulons." (Yah, but not everybody's a drunk.)

"Dont talk like that Monsieur. It's there, look, here, in the good Breton butter made with cream, and bread fresh from the baker, and strong hot coffee, that's how we sober up—Here's your beer, voila, I'll keep the coffee hot on the stove."

"Good! Now there's a real man."

ni mes cheveux en bataille, ni mon arrivée avec les agents, au petit matin, ne semblent l'indisposer.

« Les toilettes, première à droite.

— La *poizette*, hein ? » je crie.

Il me décoche ce regard qui signifie : « Va aux toilettes et la ramène pas. »

Quand je ressors, j'essaie de gagner mon lavabo dans ma chambre pour me coiffer, mais il m'a déjà fait servir le petit déjeuner dans la salle à manger où il n'y a personne d'autre que nous —

« Attendez, faut que je me peigne, que je prenne mes cigarettes, et, ah, si je buvais d'abord une bière ?

— Quoi ? Zêtes dingue ? Prenez votre café d'abord, avec des tartines beurrées.

— Seulement une petite bière.

— Ça va, ça va, une seule alors. — Vous vous assoirez là, en revenant, j'ai du travail à la cuisine. »

Et tout cela débité à toute allure, sur un ton monocorde, mais en un français bretonnant que je peux transcrire sans effort, contrairement à ce qui se passe avec le Parisien : « *Ey, weyondonc, pourquoi t'a peur que j'm'dégrise avec une 'tite bierre ?*

— *On s'dégrise pas avec la bierre, Monsieur, mais avec le bon petit déjeuner.*

— *Way, mais on est pas toutes des soulons.*

— Ne partez pas comme ça, Monsieur. Il est là, regardez, là, le bon beurre breton fait avec de la crème, et le pain tout frais de chez le boulanger, et le café fort, et bien chaud, c'est comme ça qu'on se dessoûle — Voici, votre bière, *la voilà,* je vais garder le café au chaud sur le poêle.

— Bon ! Ça au moins, c'est un homme.

"You speak the good French but you have an accent—?"

"Oua, du Canada."

"Ah yes, because your passport is American."

"But I havent learned French in books but at home, I didnt know how to speak English in America before I was, oh, five six years old, my parents were born in Canada in Québec, the name of my mother is L'Évêsque."

"Ah, that's Breton also."

"But why, I thought it was Norman."

"Well Norman, Breton—"

"This and that—the French of the North in any case, ahn?"

"Ah oui."

I pour myself a creamlike head over my beer out of the bottle of Alsatian beer, the best i' the west, as he watches disgusted, in his apron, he has rooms to clean upstairs, what's this dopey American Canuck hanging him up for and why does this always happen to him?

I say to him my full name and he yawns and says *"Way,* there are a lot of Lebris' here in Brest, coupla dozen. This morning before you got up a party of Germans had a great breakfast right where you're sittin there, they're gone now."

"They had fun in Brest?"

*"Cer*tainly! You've got to stay! You only got here yesterday—"

166

— Vous parlez bien français, mais vous avez un accent...

— *Oua, du Canada.*

— Ah oui, parce que votre passeport est américain.

— Seulement j'ai pas appris le français dans les livres, mais à la maison, j'ai pas su parler anglais, en Amérique, avant d'avoir, oh, cinq ou six ans, mes parents sont nés au Canada, à Québec ; ma mère c'est une L'Évêsque.

— Ah, c'est aussi un nom breton.

— Ah bon, j'croyais ça normand.

— Oui, oh, normand, breton —

— C'est pareil. — C'est des Français du Nord en tout cas, hein ?

— *Ah oui.* »

Je me verse ma bière, avec une bonne couche d'écume bien crémeuse, une bière alsacienne en bouteille, la meilleure de l'Occident, tandis qu'il me regarde d'un air dégoûté, protégé par son tablier ; il a des chambres à nettoyer là-haut, pourquoi il lui tient la jambe, ce Canadien français américain abruti par l'alcool, pourquoi que c'est toujours à lui qu'ça arrive, ces choses-là ?

Je lui donne mon nom en entier ; il bâille et dit : « *Ouais*, y en a des tas de Lebris à Brest, deux ou trois douzaines. Ce matin, avant que vous vous leviez, y avait tout un groupe d'Allemands, ils se sont enfilé un de ces petits déjeuners ! Là où que vous êtes assis tout de suite ; y sont partis maintenant.

— Ils se sont amusés à Brest ?

— Plutôt ! Faut que vous restiez ! Vous êtes arrivé que d'hier.

"I'm going to Air-Inter get my valise and I'm going to England, today."

"But"—he looks at me helplessly—"you havent seen Brest!"

I said "Well, if I can come back here tonight and sleep I can stay in Brest, after all I've gotta have *some* place" ("I may not be an experienced German tourist," I add to think to myself, "not having toured Brittany in 1940 but I certainly know some boys in Massachusetts who toured it for you outa the St. Lo breakthrough in 1944, I do") ("and French Canadian boys at that.")—And that's that, because he says :–

"Well I may not have a room for you tonight, and then again I may, all depends, Swiss parties are coming."

("And Art Buchwald," I thought.)

He said : "Now eat your good Breton butter." The butter was in a little clay butter bucket two inches high and so wide and so cute I said :–

"Let me have this butter bucket when I've finished the butter, my mother will love it and it will be a souvenir for her from Brittany."

"I'll get you a clean one from the kitchen. Meanwhile you eat your breakfast and I'll go upstairs and make a few beds" so I slup down the rest of the beer, he brings the coffee and rushes upstairs,

— Faut que j'aille à Air-Inter récupérer ma valise ; je pars pour l'Angleterre aujourd'hui.

— Mais — il me regarde d'un air étonné — vous zavez pas vu Brest ! »

Je dis : « Bon, si je peux revenir ici ce soir pour coucher, je reste à Brest, après tout, y'm'suffit de savoir où je vais dormir » (« je n'ai peut-être pas l'expérience des touristes allemands, moi, j'ajoute intérieurement, j'ai pas visité la Bretagne en 1940, mais je connais sûrement des gars du Massachusetts qui s'y sont baladés pour toi, après la percée de Saint-Lô, en 1944, ça oui ».) (« Et des Canadiens français, qui plus est. ») Et je ne me suis pas trompé, car il dit :

« Ben, j'aurai sans doute pas de chambre pour vous ce soir, mais c'est pas encore dit, ça dépend, y a des groupes de Suisses qui viennent. »

(« Et Art Buchwald[1] », je me dis.)

Il reprend : « Maintenant, mangez votre bon beurre breton. » Le beurre était dans un petit pot de terre cuite, de cinq centimètres de haut, mais si large et si croquignolet que je dis :

« Je pourrai le prendre, ce pot, quand j'aurai fini le beurre, ma mère va en être folle, ça lui fera un souvenir de Bretagne.

— J'vais vous en chercher un propre dans la cuisine. En attendant, déjeunez, moi je monte là-haut faire quelques lits. »

Alors, j'engloutis le reste de bière, il apporte le café et monte quatre à quatre à l'étage ;

---

1. Écrivain et journaliste américain mort en 2007, célèbre pour ses chroniques satiriques dans le *Washington Post*.

and I smur (like Van Gogh's butterburls) fresh creamery butter outa that little bucket, almost all of it in one bite, right on the fresh bread, and crunch, munch, talk about your Fritos, the butter's gone even before Krupp and Remington got up to stick a teaspoon smallsize into a butler-cut-up grapefruit.

Satori there in Victor Hugo Inn?

When he comes down, nothing's left but me and one of those wild powerful Gitane (means Gypsy) cigarettes and smoke all over.

"Feel better?"

"Now that's butter—the bread extraspecial, the coffee strong and exquisite—But now I desire my cognac."

"Well pay your room bill and go down rue Victor Hugo, on the corner is cognac, go get your valise and settle your affairs and come back here find out if there's a room tonight, beyond that old buddy old Neal Cassady cant go no further. To each his own and I got a wife and kids upstairs so busy playing with flowerpots, if, why if I had a thousand Syrians racking the place in Nominoé's own brown robes, they'd still let me do all the work, as it is, as you know, a hard-net Keltic sea."

j'étale (comme les nodules de beurre de Van Gogh) le beurre frais et crémeux de ce petit pot, presque tout à la fois pour une seule bouchée, sur le pain frais, et ça croque et ça craque sous la dent; parlez toujours de vos *fritos*, le beurre a disparu avant même que Krupp et Remington aient pu se lever pour planter une mini-cuiller à thé dans un pamplemousse coupé en deux dans toutes les règles de l'art.

Ici le satori, à l'auberge Victor-Hugo?

Quand il redescend, il ne reste plus rien, moi excepté et une «gitane», une de ces cigarettes fortes et capiteuses, et de la fumée partout.

«Ça va mieux?

— Dites donc, ce beurre! et le pain, extra, le café, fort et exquis. — Mais maintenant, je voudrais mon cognac.

— Bon, payez votre chambre et descendez la rue Victor-Hugo. Au carrefour, vous trouverez du cognac; allez chercher votre valise, faites ce que vous avez à faire et revenez ici voir s'il y a de la place pour cette nuit, mais c'est tout ce qu'il peut faire pour vous, votre vieux copain, ce vieux Neal Cassidy[1]. À chacun son lot; moi, j'ai une femme et des gosses là-haut, qui ne cessent de jouer avec les pots de fleurs, et si j'avais un millier de Syriens qui foutaient tout à feu et à sang, vêtus des tuniques brunes de Nominoé, ils me laisseraient quand même me taper tout le boulot, car cette mer, vous le savez, c'est une mer celtique, et le coup de filet est dur.»

1. Ami dont s'inspira Kerouac dans son plus célèbre roman, *Sur la route*, et qui apparaît sous le nom de Dean Moriarty.

(I ingrained his thought there for your delectation, and if you didnt like it, call it beanafaction, in other words I beaned ya with my high hard one.)

I say "Where's Plouzaimedeau? I wanta write poems by the side of the sea at night."

"Ah you mean Plouzémédé—Ah, spoff, not my affair—I gotta work now."

"Okay I'll go."

But as an example of a regular Breton, aye?

27

So I go down to the corner bar as directed and walk in and there's old Papa Bourgeois or more likely Kervélégan or Ker-thisser and Ker-thatter behind the bar, gives me a cold gyrene look gyring me wide around and I say *"Cognac, Monsieur."* He takes his bloody time. A young mailman walks in with his leather shoulder-hanging pouch and starts in talking to him. I take my delicate cognac to a table and sit

(J'ai coloré sa pensée, ici, pour votre délectation, et si ça ne vous a pas plu, appelez ça une débectation ; en d'autres termes, je vous ai bel et bien assommé avec ma grosse trique.)

Je dis : « Où est Plouzaimedeau[1] ? J'veux écrire des poèmes au bord de la mer, la nuit.

— Ah vous voulez parler de Plouzémédé. — Ah, brrouff, c'est pas mes oignons. — J'ai du boulot maintenant.

— O.K. Je m'en vais. »

Mais alors, comme exemple de vrai Breton, réussi, non ?

27

Alors, je descends jusqu'au bar du coin, selon les directives reçues, et j'y entre pour voir le vieux papa Bourgeois — ou plus vraisemblablement Kervélégan, ou Ker-ceci ou Ker-cela — derrière le comptoir ; il me décoche le froid regard du « marine »[2] comme pour m'engager à rester prudemment au large ; je dis : « *Cognac, Monsieur.* » Il prend bien son temps, le salaud. Entre un jeune facteur, avec sa sacoche de cuir pendant sur son épaule, qui se met à causer avec lui. Je prends délicatement mon cognac et je gagne une table.

1. Il s'agit de Ploudalmézeau, commune située à quelques kilomètres au nord de Brest.
2. *Cyrene* : fusilier marin ; *gyre* : faire tourner, tournoyer.

and on the first sip I shudder to miss what I missed all night. (They had some brands there besides Hennessey and Courvoisier and Monnet, that musta been why Winston Churchill that old Baron crying for his hounds in his weird wield weir, was always in France with cigar-amouth painting.) The owner eyes me narrowly. Clearly. I go up to the mailman and say : "Where's the office in town of the Air-Inter airplane company?"

"No savvy." (but in French).

"You a mailman in Brest and dont even know where an important office is?"

"What's so important about it?"

("Well for one thing," I say to myself to him extra-sensorily, "it's the only way you can get outa here—*fast*.") But all I say is : "My suitcase is there and I'm gonna get it back."

"Gee I dont know where it is. Do *you*, boss?"

No answer.

I said "Okay, I'll find it myself" and finished my cognac, and the mailman said :

"I am only a *facteur*" (mailman).

I said something to him in French which is published in heaven, which I insist to print here only in French : *"Tu travaille avec la maille pi tu sais seulement pas s'qu'est une office—d'importance?"*

"I'm new on the job" he said in French.

I'm not trying to belabor no point but listen to this :—

Dès la première gorgée, je frémis en réalisant ce qui m'a manqué toute la nuit. (Ils en avaient des marques de cognac, en plus du Hennessy et du Courvoisier, et du Monnet aussi, c'est pourquoi sans doute Winston Churchill, ce vieux baron criant après ses chiens de sa manière bizarre, impérieuse, rappliquait toujours en France pour y peindre, cigare au bec.) Le patron m'observe étroitement. Sans s'en cacher. Je m'approche du facteur et dis :

« Où est-il, le bureau de la compagnie Air-Inter ?

— Pas savoir. (Mais en français.)

— Vous êtes facteur à Brest, et vous ne savez même pas où est un bureau aussi important que celui-là ?

— Pourquoi donc est-il si important ? »

(« Bah, pour une raison au moins, me dis-je extra-sensoriellement, c'est la seule manière pour moi de ficher le camp d'ici — *et en vitesse.* ») Mais la seule chose que je lui dis, c'est : « Ma valise y est, et je vais aller la récupérer.

— Pff, j'sais pas où c'est. Et *vous*, patron ? »

Aucune réponse.

Je dis · « O.K., je vais me débrouiller tout seul. » Et je finis mon cognac. Le postier dit : « Je ne suis jamais qu'un *facteur.* »

Je lui dis, en français, quelque chose qui est publié au ciel, et que je tiens à imprimer ici uniquement en français :

« *Tu travaille avec la maille pi tu sais seulement pas s'qu'est une office — d'importance ?*

— J'suis nouveau dans le métier », il dit, en français.

J'voudrais pas essayer de couper les cheveux en quatre, mais écoutez ça :

It's not my fault, or that of any American tourist or even patriot, that the French refuse the responsibility of their explanations—It's their right to demand privacy, but farcing is submittable to a court of Law, O Monsieur Bacon et Monsieur Coke—Farcing, or deceit, is submittable to a court of Law when it concerns your loss of civil welfare or safety.

It's as tho some Negro tourist like Papa Kane of Senegal came up to me on the sidewalk on Sixth Avenue and 34th street and asked me which way to the Dixie Hotel on Times Square, and instead I directed him to the Bowery, where he would (let's say) be killed by Basque and Indian muggers, and a witness heard me give this innocent African tourist these wrong directions, and then testified in court that he heard these *farcing* instructions with intent to deprive of right-of-way, or right-of-social-way or right-of-proper-*direction*, then let's blast all the uncooperative and unmannerly divisionist rats on both sides of Spoofism and other Isms too anyway.

But the old owner of the bar quietly tells me where it is and I thank him and go.

C'est pas ma faute, ni celle d'aucun touriste ou même patriote américain, si les Français refusent de prendre la responsabilité de leurs explications. — Ils ont bien le droit d'exiger qu'on leur fiche la paix, mais s'ils se paient votre tête, on devrait pouvoir les traîner devant une cour de justice, Ô monsieur Bacon et monsieur Coke. — Au tribunal les railleurs et les fumistes, s'ils compromettent votre bien-être ou votre sécurité. Non mais, c'est exactement comme si un touriste nègre, genre papa Kane du Sénégal, venait à moi, sur le trottoir, au carrefour de la Sixième Avenue et de la 34e Rue, en me demandant la route pour le Dixie Hotel à Times Square, et que moi je l'envoie dans le Bowery[1] où il se ferait (mettons) trucider par des truands basques ou indiens; et si un témoin m'entendait donner ces fausses indications à notre innocent touriste africain, et qu'il aille ensuite répéter au tribunal qu'il m'avait entendu donner des renseignements *bidon* dans l'unique but de frustrer l'intéressé de son droit à la bonne route, ou de son droit au droit chemin, ou de son droit à la droite *direction;* allons, à la casserole les salauds de divisionnistes égoïstes et sans principes, qu'ils soient d'un bord ou de l'autre du bluffisme, ou autres ismes d'ailleurs.

Mais le brave patron du bar a fini par me dire, sans élever la voix, par où il faut que j'aille. Je le remercie et je m'en vais.

---

1. Quartier au sud de Manhattan, non loin de Greenwich Village, alors pauvre et mal famé.

Now I see the harbor, the flowerpots in back of kitchens, old Brest, the boats, coupla tankers out there, and the wild headlands in the gray scudding sky, summat like Nova Scotia.

I find the office and go in. Here's two characters in there involved with onionskinned duplicated copies of everything and not even a mistress on their knee, tho she's in back right now. I put points, papers, down, they say wait an hour. I say I wanta fly to London tonight. They say Air-Inter doesnt fly direct to London but back to Paris and you gets another company. ("Brest is only a you-know-what-hair from Cornwall," I wish I could tell them, "why fly back to Paris?") "Alright, so I'll fly to Paris. What time today?"

"Not today. Monday is the next flight from Brest."

I can just picture myself hanging around Brest for one jolly whole weekend with no hotel room and no one to talk to. Right then a gleam comes in my eye as I think :

Maintenant, je vois le port, les pots de fleurs derrière les cuisines, le vieux Brest, les bateaux, deux[1]
pétroliers là-bas, et les promontoires sauvages dans
le ciel gris qui galope; quéque chose[2] comme la
Nouvelle-Écosse.

Je trouve le bureau et j'y entre. Y a là deux types
occupés avec des feuilles pelure d'oignon — tout a
été copié en double — ils ont même pas leur maîtresse sur les genoux; il est vrai qu'elles sont là, juste
derrière, en ce moment. Je sors le ticket d'avion,
les papiers, ils disent d'attendre une heure. Je dis
que j'veux partir ce soir en avion pour Londres. Ils
disent qu'Air-Inter n'assure pas la liaison directe
avec Londres mais peut me ramener à Paris et là-
bas, je devrai m'adresser à une autre compagnie.
(« Brest n'est qu'à un poil de ce que vous savez des
Cornouailles, voudrais-je leur dire, alors pourquoi
repasser par Paris? ») « Parfait, alors je retourne à
Paris. À quelle heure, aujourd'hui?

— Pas aujourd'hui. Prochain vol au départ de
Brest lundi. »

Je m'imagine traînant dans Brest pendant tout
un week-end; vraiment folichon, sans chambre
d'hôtel ni personne à qui parler. Juste alors, une
lueur me passe dans les yeux et je me dis:

1. *Coupla*: *a couple of.*
2. *Summat*: *something.*

"It's Saturday morning, I can be in Florida in time for the funnies at dawn when the guy placks em on my driveway!"—"Is there a train back to Paris?"

"Yes, at three."

"Sell me a ticket?"

"You have to go there yourself."

"And my suitcase again?"

"Wont be here till noon."

"So I go buy ticket at railroad station, talk to Stepin Fetchit awhile and call him Old Black Joe, and even sing it, give him French kiss, peck on each cheek, give him quarter, and come back here."

I didnt actually say that but I shoulda but I only said "Okay" and went down the station, got the firstclass ticket, came back the same way, by now already an expert on Brest streets, looked in, no suitcase yet, went to Rue de Siam, cognac and beer, dull, came back, no suitcase, so went into the bar next door to this Air Office of the Breton Air Force which I should write long letters to Mac-Mullen of SAC about—

I know there are a lot of beautiful churches and chapels out there that I should go look at, and then England, but since England's in my heart why go there?

1. *Funnies*: bandes dessinées. Les journaux du dimanche évoqués comprennent une page ou un cahier de bandes dessinées ou de dessins humoristiques.
2. *Quarter*: pièce de 25 cents.

On est samedi matin. Je peux être en Floride à temps pour les journaux du dimanche[1], quand le gars les dépose à l'aube dans l'allée de mon jardin.

« Y a-t-il un train pour rentrer à Paris ?

— Oui, à trois heures.

— Donnez-moi un billet.

— Il faudra y aller vous-même.

— Et ma valise alors ?

— Sera pas là avant midi.

— Alors je fonce à la gare, je parle un moment à Stepin Fetchit, je lui donne du sacré vieux Joe, et même je le lui chante, je l'embrasse à la française, une bise sur chaque joue, je lui allonge un quart de dollar[2], et je reviens ici. »

J'ai pas vraiment dit ça, mais j'aurais dû. J'ai seulement dit : « O.K. » et je suis allé à la gare où j'ai pris un billet de première classe ; je suis ensuite revenu par le même chemin, les rues de Brest n'avaient plus désormais le moindre secret pour moi ; j'entre voir, pas de valise, direction rue de Siam, cognac et bière, ennui, retour, pas de valise, alors je me pointe dans le bar qui jouxte ce bureau aérien de l'Aviation bretonne, au sujet duquel je devrais écrire de longues lettres à Mac-Mullen, du S.A.C.[3] —

Je sais bien qu'il y a des tas de belles églises et de chapelles dans le coin, et que je devrais les visiter, et puis y a l'Angleterre aussi, mais puisque l'Angleterre est dans mon cœur, à quoi bon y aller ?

---

3. *Strategic Air Command*, instance supérieure créée à la fin de la Seconde Guerre mondiale par l'U.S. Air Force pour coordonner ses actions de bombardement.

and 'sides, it doesnt matter how charming cultures and art are, they're useless without sympathy—All the prettiness of tapestries, lands, people :– *worthless* if there is no sympathy—Poets of genius are just decorations on the wall if without the poetry of kindness and Caritas—This means that Christ was right and everybody since then (who "thought" and wrote opposing views of their own) (like, say, Sigmund Freud and his cold depreciation of helpless personalities), was *wrong*—in that, the life of a person is, as W. C. Fields says, "Fraught with eminent peril" but when you know that when you die you will be elevated because you've done no harm, Ah take that back to Brittany and Elsewhere too—Do we need a Definition-of-Harm University to teach this? Let no man impel you to evil. The Guardian of Purgatory has the two Keys to St. Peter's Gate and himself's the third and deciding key.

And you impel no one to evil, or you shall have your balls of your eyes and the rest roasted like at an Iroquois stake and by the Devil himself, he who chose Judas for his chews. (Outa Dante.)

---

1. *'sides* : *besides.*
2. W. C. Fields (1880-1946) : jongleur, acteur et scénariste américain, figure excentrique et charismatique des débuts du cinéma.
3. Dans *La Divine Comédie*, l'Enfer a la forme d'un cône ren-

Et d'ailleurs[1], aussi séduisants que soient l'art et la culture, ils sont inutiles s'il n'y a pas la sympathie. — Toutes les joliesses des tapisseries, des terres et des peuples : — aucune valeur, aucune, sans la sympathie. — Les poètes de génie ne sont que décorations murales s'ils n'ont pas la poésie de la bonté et de la *caritas*. — Ce qui veut dire que le Christ avait raison et que tout le monde, depuis lors (tout ce qui a « pensé » et écrit des vues personnelles et hostiles) (comme, par exemple, Sigmund Freud et son froid dénigrement de l'impuissance), tout le monde a eu tort — car la vie d'une personne est, comme l'a dit W.C. Fields[2], « chargée d'un péril imminent », mais quand vous savez qu'après la mort vous serez élevé parce que vous n'avez fait aucun mal à personne, ah ramenez ça en Bretagne, et ailleurs aussi. — Avons-nous besoin d'une Université de la Définition-du-Mal, pour nous apprendre ça ? Qu'aucun homme ne vous pousse au mal ; le gardien du Purgatoire a les deux clés de la porte de saint Pierre, et lui, il est la troisième : la clé décisive.

Et ne poussez personne à faire le mal, sinon vous aurez la prunelle de vos yeux et le reste rôtis, comme à un poteau iroquois, et par le diable lui-même, lui qui a choisi Judas pour se caler les joues. (Cf. Dante[3].)

---

versé. Lucifer s'y trouve au fond. Il possède trois bouches dans lesquelles sont broyés de façon continue Judas, qui trahit Jésus et auquel fait allusion Kerouac, ainsi que Brutus et Cassius qui trahirent César.

Whatever wrong you do shall be returned to you a hundredfold, jot and tittle, by the laws that operate in what science now calls "the deepening mystery of research."

Well re-search this, Creighton, by the time yore investigations are complete, the Hound Dog of Heaven'll take you straight to Massah.

29

So I go into that bar so's not to miss my suitcase with its blessed belongings, as if like Joe E. Lewis the comedian I could try to take my things to Heaven with me, while you're alive on earth the very hairs of your cats on your clothes are blessed, and later on we can all gape and yaw at Dinosaurs together, well, here's this bar and I go in, sip awhile, go back two doors, the suitcase's there at last and tied to a chain.

The clercks say nothing, I pick up the suitcase and the chain falls off. Naval cadets in there buying tickets stare as I lift the suitcase.

1. *Yore*: *your.*
2. Comédien et chanteur connu pour ses spectacles dans les bars et les night-clubs dans les années 1920. Gravement blessé à la

Quel que soit le mal que vous faites, il vous sera rendu au centuple, babiole et bricole, par les lois qui opèrent dans ce que la science appelle maintenant « le mystère sans cesse plus profond de la recherche ».

Eh bien cherchons encore, Creighton, quand enfin tes[1] recherches seront terminées, le Chien de Chasse du Ciel t'emmènera droit au Messie.

29

J'entre donc dans ce bar pour ne pas manquer de récupérer ma valise, avec tout son contenu béni, comme si, tel Joe E. Lewis[2], le comédien, je pouvais essayer d'emporter mes affaires au ciel, avec moi ; tant que vous êtes en vie, sur la terre, même les poils que votre chat a laissés sur vos vêtements sont bénis ; et après cela, on pourra tous ensemble regarder les dinosaures, bouche bée, lèvres écartées ; bon, voilà donc ce bar et j'y entre, je bois un coup, et repars en arrière, franchissant deux portes pour trouver enfin ma valise attachée à une chaîne.

Les employés ne disent rien ; je prends ma valise et la chaîne tombe. Des élèves officiers de marine, occupés à prendre leur billet, me regardent, l'œil rond, soulever cette valise.

suite d'une agression, il fit un retour sur scène des années plus tard. Le film de Charles Vidor, *The Joker is Wild*, conte cette histoire avec Frank Sinatra incarnant le personnage de Lewis.

I show them my name written in orange paint on a black tape strip near the keyhole. My name. I walk out, with it.

I lug the suitcase into Fournier s bar and stash it in the corner and sit at the bar, feeling my railroad ticket, and have two hours to drink and wait.

The name of the place is Le Cigare.

Fournier the owner comes in, only 35, and right away gets on the phone going like this : "Allo, oui, cinque, yeh, quatre, yeh, deux, bon," bang the phone hook. I realize it's a bookie joint.

O then I tell them joyously "And who do you think is the best jockey today in America? Hah?"

As if they cared.

"Turcotte!" I yell triumphantly. "A Frenchman! Dint you see him win that Preakness?"

Preakness, Shmeakness, they never even heard of it, they've got the Grand Prix de Paris to worry about not to mention the Prix du Conseil Municipal and the Prix Gladiateur and the St. Cloud and Maisons Lafitte and Auteuil tracks, and Vincennes too, I gape to think what a big world this is that international horseplayers let alone pool players cant even get together.

But Fournier's real nice to me and says

1. Ron Turcotte : vainqueur de la Triple Couronne (voir ci-après). Sa carrière s'interrompt brutalement en 1978 lorsqu'une chute le laisse paralysé.

Je leur montre mon nom écrit en orange sur une plaquette noire, près de la serrure. Mon nom. Je sors, avec.

J'emporte la valise au bar de Fournier et la planque dans le coin ; et je m'assois au comptoir en tâtant du bout des doigts le ticket de chemin de fer. J'ai deux heures devant moi. Boire. Et attendre.

Le nom de l'établissement : Le Cigare.

Fournier, le patron, entre ; il n'a que trente-cinq ans. Il saute sur le téléphone et je l'entends dire : « Allô, oui, cinq, ouais, quatre, ouais, deux, bon », bang, il raccroche. Je comprends qu'ici le turf est roi.

Ah, alors je lance joyeusement :

« Eh bien, à votre avis, qui c'est le meilleur jockey d'Amérique aujourd'hui, hein ? »

Comme si ça les intéressait !

« Turcotte[1], je crie d'une voix triomphante. Un Français. Vous l'avez pas vu gagner ce Preakness ? »

Preakness[2], Bizness, z'en ont seulement jamais entendu parler. Eux, ils ont le Grand Prix de Paris, qui les intéresse bien davantage, sans parler du Prix du Conseil municipal, et du Prix Gladiateur, et ils ont les pistes de Saint-Cloud et de Maisons-Laffitte, d'Auteuil et de Vincennes ; et je reste bouche bée, songeant à l'immensité de ce monde, telle que les turfistes, et encore moins les joueurs de billard, ne peuvent même pas se tenir les coudes.

Mais Fournier est vraiment chic avec moi. Il dit :

---

2. *Preakness Stakes* : créée en 1873, cette célèbre course de chevaux est la deuxième manche de la Triple Couronne, qui comprend aussi le derby du Kentucky et le Belmont Stakes.

"We had a couple French Canadians in here last week, you shoulda been here, they left their cravats on the wall : see em? They had a guitar and sang *turlutus* and had a *big* time."

"Remember their names?"

"Nap—But you, American passport, Lebris de Kerouac you say, and came here to find news of your family, why you leaving Brest in a few hours?"

"Well,—now *you* tell me."

"Seems to me" (*"me semble"*) "if you made that much of an effort to come all the way out here, and all the trouble getting here, thru Paris and the libraries you say, now that you're here, it would be a shame if you didnt at least call up and go see *one* of the Lebris in this phone book—Look, there's dozens of em here. Lebris the pharmacist, Lebris the lawyer, Lebris the judge, Lebris the wholesaler, Lebris the restaurateur, Lebris the book dealer, Lebris the sea captain, Lebris the pediatrician—"

"Is there a Lebris who's a gynecologist who loves women's thighs" (*Ya tu un Lebris qu'est un gynecologiste qui aime les cuisses des femmes?*) yell I, and everybody in the bar, including Fournier's barmaid, and the old guy on the stool beside me, naturally, *laugh.*

"—Lebris—hey, no jokes—Lebris the banker, Lebris of the Tribunal, Lebris the mortician, Lebris the importer—"

"Call up Lebris the restaurateur and I'll give *my* cravat."

« Nous avons eu la semaine dernière deux Canadiens français, dommage que vous étiez pas là, ils
ont laissé leurs cravates au mur : vous les voyez ? Ils
avaient une guitare, et ils chantaient tralala ; ils se
sont drôlement amusés.

— Vous vous rappelez leurs noms ?

— Du tout. — Mais vous, zavez un passeport
américain, Lebris de Kerouac, vous dites, et vous
êtes venu là pour retrouver les traces de votre
famille ; pourquoi vous quittez Brest dans quelques
heures ?

— Eh bien… à votre avis.

— *Y me semble* que si vous vous êtes donné la
peine de venir jusqu'ici, avec tout le dérangement
ksa vous a causé, en passant par Paris et les bibliothèques, comme vous dites, maintenant que vous
zêtes là, ce serait dommage de ne pas au moins
appeler au téléphone et aller voir *un* des Lebris
mentionnés dans l'annuaire. — R'gardez, y en a
des douzaines là-dedans. Lebris le pharmacien,
Lebris l'avocat, Lebris le juge, Lebris le grossiste,
Lebris le restaurateur, Lebris le libraire, Lebris le
capitaine au long cours, Lebris le pédiatre.

— *Y a tu un Lebris qu'est un gynecologiste qui aime
les cuisses des femmes* ? que je gueule, et tout le
monde dans le bar, y compris la serveuse de Fournier, et le vieux qui est assis sur le tabouret à côté
de moi, tout le monde, dis-je, se met à rigoler.

— Non mais, blague à part, Lebris le banquier,
Lebris du tribunal, Lebris le croque-mort, Lebris
l'importateur…

— Appelez Lebris le restaurateur au téléphone,
et je vous donne ma cravate. »

And I take my blue knit rayon necktie off and hand it to him and open my collar like I'm at home. "I cant understand these French telephones," I add, and add to myself: ("But O you sure do" because I'm reminded of my great buddy in America who sits on the edge of his bed from first race to ninth race, butt in mouth, but not a big romantic smoking Humphrey Bogart butt, it's just an old Marlboro tip, brown and burn-out from yesterday, and he's so fast on the phone he might bite flies if they dont get outa the way, as soon's he picks up the phone it's not even rung yet but somebody's talking to him: "Allo Tony? That'll be four, six, three, for a fin.")

Who ever thought that in my quest for ancestors I'd end up in a bookie joint in Brest, O Tony? brother of my friend?

Anyway Fournier does get on the phone, gets Lebris the restaurateur, has me use my most elegant French getting meself invited, hangs up, holds up his hands, and says: "There, go see this Lebris."

"Where are the ancient Kerouacs?"

Et j'enlève ma cravate bleue en rayonne tricotée, je la lui tends et j'ouvre mon col de chemise, comme chez moi.

«J'y comprends rien à ces téléphones français», j'ajoute et j'ajoute encore, intérieurement cette fois : («Mais toi, sûrement que t'en connais un rayon», parce qu'il me rappelle mon grand copain, en Amérique, celui qui reste assis sur le bord de son lit de la première course jusqu'à la neuvième, sèche au bec, mais pas une longue cigarette romantique à la Humphrey Bogart, non, c'est seulement un vieux mégot de Marlboro tout brun et déjà fumé de la veille, et il est si bien collé au téléphone qu'il serait bien capable de happer les mouches si elles ne s'éloignaient pas de là[1]; il décroche le téléphone, lui laissant à peine le temps de sonner, et déjà, il y a quelqu'un qui lui parle au bout du fil : «Allô Tony? Ça fera quatre, six et trois, pour cinq dollars. »)

Qui aurait jamais cru que, lancé à la recherche de mes ancêtres, j'aurais échoué chez un « book » de Brest, Ô Tony, frère de mon ami ?

Bref, voilà Fournier qui prend son téléphone et qui parle à Lebris, le restaurateur. Et je dois user de mon français de derrière les fagots pour me faire inviter; il raccroche, lève les deux mains en l'air et dit :

«Là, allez voir ce Lebris.

— Où sont les Kérouac d'autrefois ?

---

1. *Outa : out of.*

"Probably in Cornouialles country at Quimper, somewhere in Finistère south of here, he'll tell you. My name is Breton also, why get excited?"

"It's not *every* day."

"So *nu*?" (more or less). "Excuse me" and the phone rings. "And take back your necktie, it's a nice tie."

"Is Fournier a Breton name?"

"Why shore."

"What the hell," I yelled, "everybody's suddenly a Breton! Havet — LeMaire — Gibon — Fournier — Didier — Goulet — L'Évêsque — Noblet — Where's old Halmalo, and the old Marquis de Lantenac, and the little Prince of Kérouac, *Çiboire, j'pas capable trouvez ca—*" (*Çiborium*, I cant find that).

"Just like the horses?" says Fournier. "No! The lawyers in the little blue berets have changed all that. Go see Monsieur Lebris. And dont forget, if you come back to Brittany and Brest, come on over here with your friends, or your mother—or your cousins—But now the telephone is ringing, excuse me, Monsieur."

So I cut outa there carrying that suitcase down the Rue de Siam in broad daylight and it weighs a ton.

— Sans doute en Cornouaille, à Quimper, quelque part dans le Finistère, au sud de Brest ; il vous le dira. Mon nom est breton aussi, pourquoi se monter la tête ?

— Bah, c'est pas tous les jours.

— Mais si, plus ou moins. Excusez-moi » — le téléphone sonne — « et reprenez votre cravate. Elle est très jolie.

— C'est un nom breton, Fournier ?

— Bah, 'turellement[1].

— Enfin, bon Dieu, je beugle, voilà qu'ils ont tous un nom breton, tout d'un coup ! Havet. — LeMaire. — Gibon. — Fournier. — Didier. — Goulet. — L'Évêsque. — Noblet. — Où sont le vieil Halmalo, et le vieux marquis de Lantenac, et le petit prince de Kérouac, *Çiboire, j'pas capable trouvez ca.*

— C'est exactement comme les chevaux, dit Fournier. Non ! les hommes de loi au petit béret bleu ont changé tout ça. Allez voir M. Lebris. Et n'oubliez pas, si vous revenez en Bretagne, et à Brest, rappliquez ici avec vos amis, votre mère, et vos cousins... Mais maintenant, le téléphone sonne, excusez-moi, monsieur. »

Alors moi, je sors, et je descends la rue de Siam en plein jour, avec à la main cette valise qui pèse au moins une tonne.

1. *Shore* : *sure, surely.*

Now starts another adventure. It's a marvelous restaurant just like Johnny Nicholson's in New York City, all marble-topped tables and mahogany and statuary, but very small, and here, instead of guys like Al and others rushing around in tight pants serving table, are girls. But they are the daughters and friends of the owner, Lebris. I come in and say where's Mr. Lebris, I been invited. They say wait here and they go off and check, upstairs. Finally it's okay and I carry my suitcase up (feeling they didnt even believe me in the first place, those gals) and I'm shown a bedroom where lies a sharp-nosed aristocrat in bed in mid day with a huge bottle of cognac at his side, plus I guess cigarettes, a comforter as big as Queen Victoria on top of his blankets (a comforter, that is, I mean a six-by-six *pillow*), and his blond doctor at the foot of the bed advising him how to rest—"Sit down here" but even as that's happening a *romancier de police* walks in, that is, a writer of detective novels, wearing neat steelrimmed spectacles and himself as clean as the pin o Heaven, with his charming wife

Maintenant commence une nouvelle aventure. C'est un restaurant formidable, tout à fait celui de Johnny Nicholson, à New York, rien que de l'acajou, des tables en marbre et des statues partout, mais c'est tout petit, et là, au lieu de gars comme Al et les autres, courant de table en table en pantalon serré, il y a des filles. Mais ce sont les filles et les amies de Lebris, le patron. J'entre et je demande où est M. Lebris, ajoutant que j'ai été invité. Elles me disent d'attendre et elles s'en vont pour vérifier, là-haut. Finalement, c'est d'accord, et je monte avec ma valise (persuadé qu'elles ne m'avaient d'abord pas cru, ces donzelles) et on m'introduit dans une chambre où je vois, couché dans son lit — à midi —, un aristocrate au nez pointu qui a, près de lui, une énorme bouteille de cognac, plus un paquet de cigarettes je crois, et un édredon aussi gros que la reine Victoria au-dessus de ses couvertures (je dis un édredon, mais en réalité, c'est un énorme oreiller d'un mètre cinquante de côté[1]) ; son docteur blond, au pied du lit, multiplie ses conseils sur la manière de se reposer.

« Asseyez-vous ici », et juste à ce moment, entre un *romancier de police*, c'est-à-dire un auteur de romans policiers, portant d'impeccables lunettes à monture d'acier — aussi propre lui-même, que l'épingle céleste[2] — accompagné de sa charmante épouse.

---

1. *Six-by-six* : *six feet by six feet* (six pieds sur six).
2. *O* : *of*.

—But then in walks in poor Lebris' wife, a superb brunette (mentioned to me by Fournier) and three *ravissantes* (ravishing) girls who turn out to be one wed and two unwed daughters—And there I am being handed a cognac by Monsieur Lebris as he painstakingly raises himself from his heap of delicious pillows (O Proust!) and says to me liltingly:

"You are Jean-Louis Lebris de Kérouac, you said and they said on the phone?"

"Sans doute, Monsieur." I show him my passport which says: "John Louis Kerouac" because you cant go around America and join the Merchant Marine and be called "Jean". But Jean is the man's name for John, *Jeanne* is the woman's name, but you cant tell that to your Bosun on the S.S. Robert Treat Paine when the harbor pilot calls on you to man the wheel through the mine nets and says at your side "Two fifty one steady as you go."

"Yes sir, two fifty one steady as I go."

"Two fifty, steady as you go."

"Two fifty, steady as I go."

"Two forty nine, steady, stead-y-y as you go" and we go glidin right amongst them mine nets, and into haven. (Norfolk 1944, after which I jumped ship.)

— Et puis surviennent la femme du pauvre Lebris, une superbe brune (dont Fournier m'avait parlé) et trois *ravissantes* créatures qui s'avèrent être ses filles, l'une d'elles est d'ailleurs mariée, les deux autres non. — Et moi je prends le verre de cognac que me tend M. Lebris en se soulevant avec peine de son amas de délicieux oreillers (Ô Proust) ; et il me dit d'une voix mélodieuse :

« Vous êtes Jean-Louis Lebris de Kérouac, avez-vous, et ont-ils, dit au téléphone.

— *Sans doute, Monsieur.* » Je lui tends mon passeport qui dit : « John Louis Kerouac », parce qu'on ne peut pas traverser l'Amérique et s'engager dans la marine marchande quand on s'appelle Jean. Mais Jean, c'est le nom masculin correspondant à John, *Jeanne*, c'est le nom de la femme, mais vous ne pouvez pas dire ça à votre maître de manœuvre[1], à bord du S.S.[2] *Robert Treat Paine*, quand le pilote du port vous crie, à vous, l'homme de barre, pour vous faire passer entre les réseaux de mines :

« Au deux cent cinquante et un, tout droit comme ça.

— Oui, monsieur, au deux cent cinquante et un, tout droit comme ça.

— Au deux cent cinquante, tout droit comme ça.

— Au deux cent cinquante, tout droit comme ça.

— Au deux cent quarante-neuf, tout droit, dr...oit, comme ça », et nous glissons, au beau milieu des réseaux de mines, pour entrer dans le port. (Norfolk 1944, après quoi j'ai planté là le bateau.)

1. *Bosun* : *bo'sun* ＝ *boat swain*, maître d'équipage.
2. *S.S.* : *steamship*, bateau de la marine marchande.

Why did the pilot pick old Keroach? (Keroac'h, early spelling hassle among my uncles). Because Keroach has a steady hand you buncha rats who cant write let alone read books—

So my name on the passport is "John," and was once Shaun when O'Shea and I done Ryan in and Murphy laughed and all we done Ryan in, was a pub.

"And your name?" I ask.

"Ulysse Lebris."

Over the pillow comforter was the genealogical chart of his family, part of which is called Lebris de Loudéac, which he'd apparently called for preparatorily for my arrival. But he's just had a hernia operation, that's why he's in bed, and his doctor is concerned and telling him to do what should be done, and then leaves.

At first I wonder "Is he Jewish? pretending to be a French aristocrat?" because something about him looks Jewish at first, I mean the particular racial type you sometimes see, pure *skinny* Semitic, the serpentine forehead, or shall we say, aquiline, and that long nose, and funny hidden Devil's Horns where his baldness starts at the sides,

Pourquoi le pilote a-t-il choisi le vieux Keroach?
(Keroac'h, ancienne orthographe, objet de dispute
pour mes oncles.) Parce que Keroach, il a la main
ferme, espèces de[1] propres à rien, incapables
d'écrire, et encore plus de lire les livres. —

C'est pourquoi, sur le passeport, je m'appelle
John, autrefois, ç'a été Shaum, quand O'Shea et
moi on en a fait accroire à Ryan; Murphy a ri, et
tous on a bien eu Ryan, au bistrot.

« Et vous, vous vous appelez? je demande.

— Ulysse Lebris. »

Sur le gros oreiller, il y a l'arbre généalogique de
sa famille, laquelle a parfois pour nom : Lebris de
Loudéac; il a apparemment demandé ce document en prévision de ma venue. Mais il vient de se
faire opérer d'une hernie, ce qui explique pourquoi il est couché; son docteur est d'ailleurs sou-
cieux; il lui dit ce qu'il faut faire et s'en va.

Au début, je me demande : « Est-ce qu'il est juif?
Veut-il simplement se faire passer pour un aristocrate français? » parce qu'au premier abord, il a en
lui quelque chose de juif, je veux dire le type racial
particulier que l'on voit parfois, le visage osseux du
pur sémite, le front sinueux, ou plutôt dirons-nous
aquilin, et ce long nez, et ces drôles de cornes du
diable cachées sur les côtés du crâne, là où commence sa calvitie;

1. *Buncha* : *bunch of*, tas de.

and surely under that blanket he must have long thin feet (unlike my thick short fat peasant's feet) that he must waddle aside to aside *gazotsky* style, i.e., stuck out and walking on heels instead of front soles—And his foppish delightful airs, his Watteau fragrance, his Spinoza eye, his Seymour Glass (or Seymour Wyse) elegance tho I then realize I've never seen anybody who looked like that except at the end of a lance in another lifetime, a regular *blade* who took long coach trips from Brittany to Paris maybe with Abelard to just watch bustles bounce under chandeliers, had affairs in rare cemeteries, grew sick of the city and returned to his evenly distributed trees thru which at least his mount knew how to canter, trot, gallop or take off—A coupla stone walls between Combourg and Champsecret, what matters it? A real *elegant*—

Which I told him right off, still studying his face to see if he was Jewish, but no, his nose was as gleeful as a razor, his blue eyes languid, his Devil's Horns out-and-out, his feet out of sight, his French diction perfectly clear to anybody even old Carl Adkins of West Virginia if he'd been there, every word meant to be understood,

1. Allusion à une danse folklorique.
2. Un personnage de J.D. Salinger, l'auteur de *L'Attrape-Cœur* (*The Catcher in the Rye*).
3. Ami de Kerouac, rencontré lors de ses études, qui l'initia au jazz.

et certainement, sous sa couverture, il doit avoir de longs pieds étroits (au contraire des miens, ces pieds gros et courts de paysan) sur lesquels il doit se dandiner d'un côté puis de l'autre, style *gazotski*[1], c'est-à-dire les pieds pointés vers le haut, et attaquant le sol du talon, au lieu de faire porter son poids sur l'avant de la semelle. — Et ses manières précieuses et raffinées, son parfum à la Watteau, son œil à la Spinoza, son élégance à la Seymour Glass[2] (ou à la Seymour Wyse[3]), bien que je me rende compte que je n'ai jamais vu personne qui lui ressemblât, sauf au bout d'une lance, dans une autre vie, un sacré gaillard qui faisait de longs voyages en diligence de la Bretagne jusqu'à Paris, avec Abélard[4] peut-être, uniquement pour regarder les tournures de jupe qui sautillaient sous les lustres, nouer des idylles dans les rares cimetières, et puis, las de la vie à la cité, rentrer vers ses allées d'arbres régulières et bien ordonnées dans lesquelles au moins sa monture savait ambler, trotter, galoper ou s'envoler. — Deux murs de pierre entre Combourg et Champsecret, quelle importance ? Un véritable *élégant* ! —

Ce que je lui dis tout de go, étudiant encore son visage pour voir s'il était juif, mais non, son nez était aussi joyeux qu'un rasoir, ses yeux bleus languides, ses cornes du diable bien franches, ses pieds cachés à ma vue, sa diction française parfaitement claire pour quiconque, même pour ce bon vieux Carl Adkins, de West Virginie, s'il avait été là, chaque mot destiné à être bien compris.

---

4. Pierre Abélard (1079-1142) ; théologien et philosophe français, célèbre pour ses amours avec Héloïse, qui lui valurent d'être émasculé.

Ah me, to meet an old noble Breton, like tell that old Gabriel de Montgomeri the joke is over—For a man like this armies would form.

It's that old magic of the Breton noble and of the Breton genius, of which Master Matthew Arnold said : "A note of Celtic extraction, which reveals some occult quality in a familiar object, or tinges it, one knows not how, with 'the light that never was on sea or land.'"

31

Kudos ever, but over, we begin a lick of conversation—(Again, dear Americans of the land of my birth, in ratty French comparable in context to the English they speak in Essex) :– Me :– "Ah *sieur*, shite, one more cognac."

"'Ere you are, mighty." (A pun on "matey" there and let me ask you but one more question, reader :

---

1. Gabriel de Montgomery : homme de guerre français du xviᵉ siècle qui prit part, notamment, aux guerres de Religion.
2. Matthew Arnold (1822-1888) est un important poète et critique littéraire britannique.

Ah, ça, cette rencontre avec un vieux noble breton : aussi simple que de dire à ce vieux Gabriel de Montgomery[1] que la plaisanterie a assez duré. — Pour un homme comme celui-là, des armées entières se formeraient.

C'est de cette magie séculaire du noble Breton et du génie breton que maître Matthew Arnold[2] disait : « La marque de l'extraction celtique, qui révèle une qualité occulte dans un objet familier, ou le colore, on ne sait comment, de cette "lumière qui ne fut jamais ni sur mer ni sur terre". »

31

La gloriole, toujours, mais c'est passé, nous taillons une parlote. — (Là encore, chers Américains du pays de ma naissance, en un français hargneux, comparable dans son contexte à l'anglais qu'on parle dans l'Essex[3].) Moi : « Ah, *sieur*, marde, encore un cognac.

— Voilà[4], *mighty*[5]. » (Jeu de mots sur *matey*[6] et je profite de l'occasion, lecteur, pour te poser une autre question :

3. Comté du sud-est de l'Angleterre.
4. *'Ere* : *Here.*
5. *Mighty* : tout-puissant.
6. *Matey* : l'ami.

– Where else but in a book can you go back and catch what you missed, and not only that but savor it and keep it up and shove it? D'any Aussie ever tell you that?)

I say : "But my, you are an elegant character, hey what?"

No answer, just a bright glance.

I feel like a clod has to esplain himself. I gaze on him. His head is turned parrotwise at the novelist and the ladies. I notice a glint of interest in the novelist's eyes. Maybe he's a cop since he writes police novels. I ask him across the pillows if he knows Simenon? And has he read Dashiell Hammett, Raymond Chandler and James M. Cain, not to mention B. Traven?

I could better go into long serious controversies with M. Ulysse Lebris did he read Nicholas Breton of England, John Skelton of Cambridge, or the ever-grand Henry Vaughan not to mention George Herbert—and you could add, or John Taylor the Water-Poet of the Thames?

Me and Ulysse cant even get a word in edgewise thru our own thoughts.

1. *D'any* : *does any.*
2. Dashiell Hammett (1894-1961), auteur du *Faucon maltais* (1930) ; Raymond Chandler (1888-1959), auteur du *Grand sommeil* (1939) ; James M. Cain (1892-1977), auteur du *Facteur sonne toujours deux fois*; B. Traven, pseudonyme d'un écrivain à l'identité incertaine dont *Le trésor de la Sierra Madre* fit l'objet d'une adaptation cinématographique.

— Où donc, sinon dans un livre, peux-tu revenir en arrière pour saisir ce que tu n'as pas compris, et non seulement cela, mais aussi le savourer, et le garder, et l'envoyer au diable. Un quelconque[1] Australien t'a-t-il jamais dit ça?)

Je fais : « Mais, ma parole, vous êtes un personnage très élégant, dites donc. »

Pas de réponse, seulement un regard plein d'éclat.

J'ai l'air d'un cul-terreux, à m'expliquer avec lui. Je le considère longuement. Il tourne la tête, à la manière d'un perroquet, vers le romancier et du côté des dames. Je remarque une lueur d'intérêt dans les yeux du romancier. C'est peut-être un flic, puisqu'il écrit des romans policiers. Je lui demande, d'un bord à l'autre des oreillers, s'il connaît Simenon. Et s'il a lu Dashiell Hammett, Raymond Chandler et James M. Cain, sans parler de B. Traven[2].

Je serais plus avisé de m'engager dans de longues controverses avec M. Ulysse Lebris. A-t-il lu Nicholas Breton, d'Angleterre, John Skelton de Cambridge, ou le toujours grand Henry Vaughan, sans parler de George Herbert[3]? — et vous pourriez ajouter, John Taylor, le Poète de l'Eau de la Tamise[4].

Moi et Ulysse, on ne peut même pas glisser un mot à travers nos propres pensées.

---

3. Nicolas Breton (1542-1626) ; John Skelton (1460-1529) ; Henry Vaughan (1621-1695) ; George Herbert (1593-1633).
4. John Taylor (1580-1654) : poète qui travailla une partie de sa vie dans une compagnie qui faisait traverser la Tamise.

But I'm home, there's no doubt about it, except if I were to want a strawberry, or loosen Alice's shoetongue, old Herrick in his grave *and* Ulysse Lebris would both yell at me to leave things alone, and that's when I raw my wide pony and roll.

Well, Ulysse then turns to me bashfully and just looks into my eyes briefly, and then away, because he knows no conversation is possible when every Lord and his blessed cat has an opinion on *everything*.

But he looks and says "Come over and see my genealogy" which I do, dutifully, I mean, I cant see any more anyhow, but with my finger I trace a hundred old names indeed branching out in every direction, all Finistère and also Côtes du Nord and Morbihan names.

Now think for a minute of these three names :–

(1) Behan
(2) Mahan
(3) Morbihan

Han? (for "Mor" only means "Sea" in Breton Celtic.)

Mais je suis là chez moi, n'en doutons point, à condition bien sûr de ne pas vouloir prendre une fraise ou délacer la chaussure d'Alice ! le vieil Herrick[1] dans sa tombe et Ulysse Lebris lui-même m'enjoindraient à grands cris de ne toucher à rien ; et c'est toujours ainsi quand je laisse galoper mes désirs, au gré de ma fantaisie.

Bref, Ulysse se tourne alors timidement vers moi ; il me regarde un court instant droit dans les yeux ; et puis il fait dévier son regard parce qu'il sait bien qu'aucune conversation n'est possible quand tous les seigneurs et leur chat béni ont une opinion sur *tout*.

Mais il me regarde encore et dit :

« Approchez, et voyez ma généalogie », ce que je fais, docilement je veux dire : je suis désormais incapable de rien distinguer, d'ailleurs ; mais du bout du doigt je suis le tracé d'une centaine de vieux noms, qui bifurquent en effet dans toutes les directions, rien que des noms du Finistère et aussi des Côtes-du-Nord et du Morbihan.

Maintenant considérez ces trois noms ne serait-ce qu'une minute :

1. Behan.
2. Mahan.
3. Morbihan.

Han ? (car « mor » signifie simplement « mer » dans la langue celtique bretonne).

---

1. Robert Herrick est un poète anglais du XVIIe siècle.

I search blindly for that old Breton name Daoulas, of which "Duluoz" was a variation I invented just for fun in my writerly youth (to use as my name in my novels).

"Where is the record of your family?" snaps Ulysse.

"In the Rivistica Heraldica!" I yell, when I shoulda said "Rivista Araldica" which are Italian words meaning: "Heraldic Review."

He writes it down

His daughter comes in again and says she's read some of my books, translated and published in Paris by that publisher who was out for lunch, and Ulysse is surprised. In fact his daughter wants my autograph. In fact I'm very Jerry Lewis himself in Heaven in Brittany in Israel getting high with Malachiah.

33

All joking aside, M. Lebris was, and is, yair, an ace—I even went so far as to help myself, to myself's own invitation (but with a polite (?) eh?) to a third cognac, which at the time I thought had mortified the *romancier de police* but he never even glanced my way as tho he was studying marks of my fingernails on the floor—(or lint)—

Je cherche, tel un aveugle, ce vieux nom breton de Daoulas, dont Duluoz fut une variation que j'inventai, uniquement pour m'amuser, au début de ma carrière d'écrivain (en m'attribuant ce nom dans mes romans).

«Où peut-on voir mentionnée votre famille? s'écrie Ulysse d'un ton sec.

— Dans la *Rivistica Heraldica*!» hurlé-je, alors que j'eusse dû dire *Rivista Araldica*, mots italiens signifiant : *Revue héraldique*.

Il prend bonne note.

Sa fille reparaît, elle dit qu'elle a lu quelques-uns de mes livres traduits et publiés à Paris par cet éditeur qui était parti déjeuner, et Ulysse est surpris. En fait, sa fille veut un autographe. En fait, je suis Jerry Lewis lui-même et en personne, au paradis, en Bretagne, en Israël, au septième ciel avec Malachie[1].

33

Toute plaisanterie à part, M. Lebris était, et est toujours, ah ouais, un grand seigneur. — Je suis même allé jusqu'à me servir, sur ma propre invitation (mais avec un «eh?» poli [?]), un troisième cognac, ce qui, sur le coup, a dû, je le crois, ulcérer le *romancier de police* mais jamais il ne glissa le moindre regard de mon côté, à croire qu'il étudiait les marques de mes ongles sur le plancher — (ou la charpie) —

1. Le livre de Malachie est un livre de l'Ancien Testament. Malachie signifie «l'envoyé».

The fact of the matter is, (again that cliché, but we need signposts), me and M. Lebris talked a blue streak about Proust, de Montherlant, Chateaubriand, (where I told Lebris he had the same nose), Saskatchewan, Mozart, and then we talked of the futility of Surrealism, the loveliness of loveliness, Mozart's flute, even Vivaldi's, by God I even mentioned Sebastian del Piombo and how he was even more languid than Raffaelo, and he countered with the pleasures of a good comforter (at which point I reminded him paranoiacally of the Paraclete), and he went on, expounding 'pon the glories of Armorica (ancient name of Brittany, *ar*, "on," *mor*, "the sea,") and I then told him with a dash of thought :– or hyphen :– *"C'est triste de trouver que vous êtes malade, Monsieur Lebris"* (pronounced Lebriss), "It's sad to find that you're ill, Monsieur Lebris, but joyous to find that you're encircled by your lovers, truly, in whose company I should always want to be found."

This is all in fancy French and he answered "That's well put, and with eloquence *and* elegance, in a manner not always understood nowadays" (and here we sorta winked at each other as we realized we were going to start a routine of talking like two overblown mayors or archbishops, just for fun and to test my formal French),

En fait (encore ce cliché, mais nous avons besoin de points de repère), moi et M. Lebris on « taille une bavette » sur Proust, Montherlant, Chateaubriand (je profite de l'occasion pour dire à Lebris qu'il a le même nez), Saskatchewan[1], Mozart, et puis nous parlons de la futilité du surréalisme, et puis du fin du fin dans la délicate beauté, la flûte de Mozart, et même de Vivaldi, bon Dieu, j'ai même parlé de Sebastiano del Piombo[2], ajoutant qu'il était plus mièvre que Raphaël. Et il riposte en vantant les plaisirs que procure un bon édredon (à propos duquel je lui rappelle le Paraclet[3], comble de la paranoïa), et il continue, chantant[4] la gloire de l'Armorique (ancien nom de la Bretagne, *ar*, « sur », *mor*, « la mer ») et je lui dis, soudain, mû par une subite impulsion : « *C'est triste de trouver que vous êtes malade, Monsieur Lebris* (prononcez Lebriss), mais joyeux de voir que vous êtes entouré de gens qui vous aiment et dans la compagnie desquels, vraiment, je voudrais toujours me trouver. »

Tout cela en un français de fantaisie, et il répond : « Voilà qui est bien dit, et avec éloquence et élégance, d'une manière qui n'est pas toujours appréciée de nos jours » (et là nous échangeons une sorte de clin d'œil, comprenant que nous allons nous lancer dans une conversation à la mode d'autrefois, comme deux maires ou deux archevêques trop épanouis, pour rire en toute simplicité et mettre à l'épreuve mon français recherché),

1. Province du centre du Canada.
2. Peintre italien du XVIᵉ siècle.
3. Le Saint-Esprit.
4. *'pon : upon.*

211

"and it doesnt disturb me to say, in front of my family and my friends, that you are the equal of the idol who has given you your inspiration" (*que vous êtes l'égale de l'idole qui vous à donnez votre inspiration*), "if that thought is any comfort to you, you who, doubtless, have no need of comfort among those who wait upon you."

Picking up : "But, *certes*, Monsieur, your words, like the flowered barbs of Henry Fifth of England addressed to the poor little French princess, and right in front of his, Oh me, *her* chaperone, not as if to cut but as the Greeks say, the sponge of vinegar in the mouth was not a cruelty but (again, as we know on the Mediterranean sea) a shot that kills the thirst."

"Well of course, expressed that way, I shall have no more words, but, in my feebleness to understand the extent of my vulgarities, but that is to say supported by your faith in my undignified efforts, the dignity of our exchange of words is understood surely by the cherubs, but that's not enough, *dignity* is such an exe-crable word, and now, before— but no I havent lost the line of my ideas, Monsieur Kerouac, he, in his excellence, and that excellence which makes me forget all, the family, the house, the establishment, in any case :– a sponge of vinegar *kills* the thirst?"

"Say the Greeks. And, if I could continue to explain everything that I know, your ears would lose the otiose air they wear now—You have, dont interrupt me, listen—"

« cela ne me gêne pas de dire en face de ma famille et de mes amis *que vous êtes l'égale de l'idole qui vous à donnez votre inspiration,* si cette pensée peut vous être de quelque réconfort, à vous qui, n'en doutons point, n'avez aucun besoin de réconfort, au milieu de tous ceux qui vous entourent de leur sollicitude ».

Je reprends :

« Mais *certes, Monsieur,* vos paroles, comme les barbillons fleuris qu'Henri V d'Angleterre adressa à la pauvre petite princesse française, et en présence de son chaperon à lui, oh mon Dieu, à elle, ne sont pas destinées à blesser, mais, comme le disent les Grecs, l'éponge imbibée de vinaigre et placée dans la bouche n'était pas une cruauté mais (une fois de plus, comme nous le savons en Méditerranée) un procédé infaillible pour tuer la soif.

— Oui bien entendu, les choses étant dites ainsi, je n'aurai plus rien à ajouter, malgré ma faiblesse à comprendre l'étendue de mes vulgarités, et soutenu par la foi que vous inspirent mes vils efforts, la dignité de notre échange de vues est certainement comprise par les chérubins ; mais cela n'est pas suffisant, la *dignité,* voilà un terme si exé-crable, et maintenant — avant — mais non, je n'ai pas perdu le fil de mes idées, monsieur Kerouac, lui, dans son excellence, excellence qui me fait tout oublier, la famille, la maison, l'établissement, en tout cas :
— une éponge imbibée de vinaigre tue vraiment la soif ?

— Les Grecs le disent. Et si je pouvais continuer d'expliquer tout ce que je sais, vos oreilles perdraient l'air superfétatoire qu'elles portent maintenant. — Alors, ne m'interrompez pas, écoutez —

"Otiose! A word for the Chief Inspector Charlot, dear Henri!"

The French detective story writer's not interested in my otiose, or my odious nuther, but I'm trying to give you a stylish reproduction of how we talked and what was going on.

I sure hated to leave that sweet bedside.

Besides, lots of brandy there, as tho I couldnt go out and buy my own.

When I told him the motto of my ancestral family, *"Aimer, Travailler et Souffrir"* (Love, Work and Suffer) he said : "I like the *Love* part, as for Work it gave me hernia, and Suffer you see me now."

Goodbye, Cousin!

P.S. (And the shield was : "Blue with gold stripes accompanied by three silver nails.")

In sum : In "Armorial Général de J. B. Riestap, Supplement par V. H. Rolland : LEBRIS DE KEROACK—Canada, originaire de Bretagne. D'azur au chevron d'or accompagné de 3 clous d'argent. D :– AIMER, TRAVAILLER ET SOUFFRIR. RIVISTA ARALDICA, IV, 240."

And old Lebris de Loudéac he shall certainly see Lebris de Kéroack again, unless one of us, or both of us, die—Which I remind my readers goes back to : Why change your name unless you're ashamed of something.

— Superfétatoire, un mot pour le commissaire Charlot, cher Henri. »

L'auteur de romans policiers français n'est pas intéressé par mon superfétatoire, ni par mon superflu, mais j'essaie là de vous donner une idée de la manière ultra-chic dont nous parlions et de ce qui se passait en ces lieux.

Vrai, ça me fendait le cœur de quitter ce chevet.

En plus, le cognac coulait à flots, comme si je ne pouvais plus en acheter de ma poche.

Quand je lui eus appris la devise de mon ancestrale famille : *Aimer, Travailler et Souffrir,* il dit : «J'aime le premier adage, *Aimer,* mais le travail, il me donne des hernies ; quant à la souffrance, eh bien vous me voyez maintenant. »

Au revoir, cousin !

P.S. (Et voilà comment était le blason : bleu avec des rayures dorées et accompagné de trois clous d'argent.)

En somme : Dans l'«Armorial Général de Y. B. Riestap, Supplément de V. H. Rolland : LEBRIS DE KEROACK — Canada, originaire de Bretagne. D'azur au chevron d'or accompagné de 3 clous d'argent. D : — AIMER, TRAVAILLER ET SOUFFRIR, RIVISTA ARALDICA, IV, 240. »

Un vieux Lebris de Loudéac qui reverra certainement Lebris de Kéroack, à moins que l'un de nous deux ne meure ou l'un et l'autre. — Ce qui, je le rappelle à mes lecteurs, revient à dire : Pourquoi changer votre nom, à moins que vous n'ayez honte de quelque chose ?

But I got so fascinated by old de Loudéac, and not one taxi outside on Rue de Siam, I had to hurry with that 70 pound suitcase in my paw, switching it from paw to paw, and missed my train to Paris by, count it, three minutes.

And I had to wait eight hours till eleven in the cafes around the station—I told the yard switchmen: "You mean to tell me I missed that Paris train by *three* minutes? What are you Bretons tryna do, *keep* me here?" I went over to the deadend blocks and pressed against the oiled cylinder to see if it would give and it did so now at least I could write a letter (that'll be the day) back to Southern Pacific railroad brakemen now train masters and oldheads that in France they couple different, which I s'pose sounds like a dirty postcard, but it's true, but dingblast it I've lost ten pounds running from Ulysse Lebris' restaurant to the station (one mile) with that bag, alright, shove it, I'll store the bag in baggage and drink for eight hours—

Mais j'avais été tellement fasciné par le vieux de Loudéac — et avec ça, pas un taxi rue de Siam — que je dus hâter le pas, avec cette valise de 70 livres à la main que je faisais passer d'une main dans une autre ; et je ratai mon train de Paris, à trois minutes près, pas plus.

Et il me fallut attendre pendant huit heures, jusqu'à onze heures, dans les cafés situés à proximité de la gare. — Je dis à l'un des aiguilleurs de la gare : « D'après vous, je n'aurais manqué ce train de Paris que de trois minutes ? Qu'essayez-vous[1] donc de faire, vous autres Bretons, vous voulez me retenir ? » J'allai jusqu'aux tampons, au bout des wagons, et appuyai sur le cylindre huilé pour voir s'il céderait, ce qu'il fit ; maintenant, du moins, je pourrais écrire une lettre (ce serait le jour) aux serre-freins de la Southern Pacific — devenus maintenant chefs de train, ou chefs de gare en retraite — qu'en France on accouple d'une manière différente, ce qui ferait l'effet, je suppose, d'une carte postale obscène, mais c'est vrai, et puis merde après tout, j'ai perdu dix livres à courir du restaurant d'Ulysse Lebris à la gare (près de deux kilomètres) avec cette valise ; allez, du balai, je vais la mettre à la consigne, et boire pendant huit heures.

---

1. *Tryna do* : *trying to do.*

But, as I unpin my little McCrory suitcase (Monkey Ward it actually was) key, I realize I'm too drunk and mad to open the lock (I'm looking for my tranquilizers which you must admit I need by now), in the suitcase, the key is pinned as according to my mother's instructions to my clothes—For a full twenty minutes I kneel there in the baggage station of Brest Brittany trying to make the little key open the snaplock, cheap suitcase anyhow, finally in a Breton rage I yell "*Ouvre donc maudit*!" (OPEN UP DAMN YOU!!) and break the lock—I hear laughter—I hear someone say: "*Le roi Kerouac*" (the king Kerouac). I'd heard that from the wrong mouths in America. I take off the blue knit rayon necktie and, after taking out a pill or two, and an odd flask of cognac, I press down on the suitcase with the broken lock (one of em broken) and I wrap the necktie around, make one full twist tight, pull tight, and then, grabbing one end of the necktie in my teeth and pulling whilst holding the knot down with middle (or woolie) finger, I endeavor to bring the other end of the necktie around the taut toothpulled end, loop it in, steady as you go, then lower my great grinning teeth to the suitcase of all Brittany, till I'm kissing it, and *bang!*, mouth pulls one way, hand the other, and that thing is tied tighter than a tied-ass mother's everloving son, or son of a bitch, *one*.

Mais en détachant la petite clé de ma valise, une McCrory (en fait non, c'était une Monkey Ward), je me rends compte que je suis trop ivre, et trop surexcité pour ouvrir la serrure (je cherche mes tranquillisants et vous voudrez bien reconnaître que j'en ai grand besoin en ce moment) dans la valise, la clé est accrochée, conformément aux instructions de ma mère, à mes vêtements. — Pendant vingt bonnes minutes, je reste là, à genoux, dans la gare de Brest, Bretagne, à essayer d'ouvrir cette serrure avec cette petite clé, une valise bon marché, d'ailleurs, et finalement, saisi d'une fureur bretonne, je m'exclame : « *Ouvre donc, maudit !* » — et je casse la serrure. — J'entends des rires. — J'entends quelqu'un dire : « *Le roi Kerouac.* » J'ai déjà ouï cela, en Amérique, venant de gens qui n'avaient pas à le dire. J'enlève ma cravate de rayonne bleue tricotée, puis après avoir pris une ou deux pilules, et un flacon de cognac que j'avais mis de côté, j'appuie de toutes mes forces sur ma valise à la serrure brisée (y en a qu'une de cassée, d'ailleurs) et je passe la cravate tout autour ; et je fais un premier nœud, bien serré, je tire dur, puis, tenant un bout de la cravate entre les dents, et tirant tout en appuyant sur le nœud avec le doigt du milieu, j'essaie d'amener l'autre bout de la cravate autour de celui que je tends avec mes dents ; je l'introduis dans la bouche, tiens bon la route, gars, et puis j'abaisse mes grands crocs grimaçants jusqu'à la valise de toute la Bretagne, jusqu'au moment où je l'embrasse, et *bang !* la bouche tire d'un côté, la main de l'autre et ce bidule est attaché plus étroitement qu'un fils éternellement aimant aux jupes de sa mère, sacré fils de pute, *et d'une.*

219

And I dump it in baggage and get my baggage ticket.

Spend most of the time talking to big corpulent Breton cabdrivers, what I learned in Brittany is "Dont be afraid to be big, fat, be yourself if you're big and fat." Those big fat sonumgun Bretons waddle around as tho the last whore of summer war lookin for her first lay. You cant drive a spike with a tack hammer, say the Polocks, well at least said Stanley Twardowicz which is another country I've never seen. You can drive a *nail*, but not a spike.

So I hang around doodling about, for awhile I sigh to eye clover on top of a cliff where I actually could go take a five-hour nap except a lot of little cheap faggots or poets are watching every move I make, it's broad afternoon, how can I go lie down in the tall grass if some Seraglio learns about my remaining $100 on my dear sweet arse?

I'm telling you, I'm getting so suspicious of men, and now less of women, it would make Diana weep, or cough laughing, *one*.

Et je colle la valise à la consigne; et je prends mon billet.

Je passe les trois quarts du temps à parler à des chauffeurs de taxis bretons, des hommes gros et gras; ce que j'ai appris en Bretagne, c est : « N'ayez pas peur d'être gros et gras, soyez vous-même, si vous êtes gros et gras. » Ces gros lards de fripouilles[1] de Bretons traînent leurs guêtres partout alentour, comme si la dernière pute de l'été était en train de chercher son premier client. On ne peut pas enfoncer un pieu avec un marteau de cordonnier, disent les Polonais, ou du moins disait Stanley Twardowicz[2] (encore un pays que je n'ai jamais vu). Vous pouvez enfoncer un clou, mais pas un pieu.

Alors je reste à flânocher dans les parages, et un moment je pousse un soupir en voyant du trèfle au sommet d'une falaise où je pourrais aller, pour y piquer un petit somme de cinq heures, s'il n'y avait un tas de petits pédoques ou de poètes à cent sous qui observent tous mes faits et gestes; c'est le cœur de l'après-midi, comment puis-je aller m'allonger dans les herbes hautes si quelque Seraglio apprend que j'ai encore sur mes gentes fesses un pécule de cent dollars.

Je vais vous dire, je commence à me méfier tellement des hommes, — des femmes, plutôt moins en ce moment, — que cela ferait pleurer Diana, ou la ferait s'étrangler à force de rire, *et d'une.*

---

1. *Sonumgun* : *son of a gun*, fripouille, gredin.
2. Peintre et photographe ami de Kerouac.

I was really afraid of falling asleep in those weeds, unless nobody saw me sneak into them, to my trapdoor at last, but alas, the Algerians'd found a new home, not to mention Bodhidharma and his boys walking over water from Chaldea (and walking on water wasnt built in a day.)

Why perdure the reader's might? The train came at eleven and I got on the first firstclass coach and got into the first compartment and was alone and put my feet up on the opposite seat as the train rolled out and I heard somebody say to another guy :–

"Le roi n'est pas amusez." (The king is not amused.) ("You frigging A!" I shoulda yelled out the window.)

And a sign said :– "Dont throw anything out the window" and I yelled *"J'n'ai rien à jeter en dehors du chaussi, ainque ma tête!"* (I got nothing to throw out the window, only my head). My bag was with me— I heard from the other car, *"Ça c'est un Kérouac,"* (Now that's a Kerouac)—I dont even think I was hearing right, but dont be too sure, about not only Brittany but a land of Druids and Witchcraft and Warlocks and Féeries—(not Lebris)—

Let me just brief you on the last happening that I remember in Brest :– afraid to sleep in those weeds, which were not only at edges of cliffs in full sight of people's third story windows but as I say in full view of wandering punks,

J'avais vraiment peur de m'endormir dans cette herbe, à moins que personne ne m'ait vu m'y faufiler, jusqu'à ma trappe, enfin, mais hélas, les Algériens ont trouvé une nouvelle demeure, sans parler de Bodidharma et de ses compagnons qui ont marché sur l'eau, depuis la Chaldée (et ça, ça ne s'est pas fait en un jour, cette marche sur l'eau).

Pourquoi lasser le lecteur? Le train est arrivé à onze heures et je suis monté dans le premier wagon de première classe et je suis entré dans le premier compartiment; j'étais seul, j'ai posé mes pieds sur la banquette d'en face, au moment où le train sortait de la gare, et j'ai entendu quelqu'un dire à un autre gars:

« *Le roi n'est pas amusez.* » («Espèce de connard!» aurais-je dû lancer par la fenêtre.)

Et un écriteau disait: — Ne rien jeter par la fenêtre. Alors j'ai crié: «*J'n'ai rien à jeter en dehors du chaussi, ainque*[1] *ma tête.*» Ma valise était avec moi. — J'entends venant de l'autre wagon: «*Ça, c'est un Kérouac*», je n'ai pas l'impression d'avoir bien entendu cela, mais on n'est jamais trop sûr de soi, en Bretagne, ce pays de druides, de sorcelleries, de magiciens et de féeries — (pas Lebris) —

Faut que j'vous raconte en peu de mots le dernier événement dont je me souvienne, à Brest: ayant eu peur d'aller dormir dans cette herbe, qui non seulement se trouvait au bord des falaises, au vu et au su des gens installés aux fenêtres du troisième étage, mais qu'en plus pouvaient voir les rôdeurs animés de mauvaises intentions,

---

1. *Chaussi*: fenêtre; *ainque*: rien que.

I simply in despair sat with the cabdrivers at the cab stand, me on the stone wall—All of a sudden a ferocious vocal fight broke out between a corpulent blue eyed Breton cabdriver and a thin mustachio'd Spanish or I guess Algerian or maybe Provençal cabdriver, to hear them, their "Come on, if you wanta start something with me *start*" (the Breton) and the younger mustachio "Rrrratratratra!" (some fight about positions in the cab stand, and there I was a few hours ago couldnt find a cab on Main Street)—I was sitting at this point on the stone curb watching the progress of a lil ole caterpillar in whose fate I was of course particularly fishponded, and I said to the first cab in line at the cab stand :

"In the first place goddamit, *cruise*, cruise thru town for fares, dont hang around this dead railroad station, there might be an Évêsque wants a ride after a sudden visit to a donor of the church—"

"Well, it's the union" etc.

I said "See those two son of a bitches fighting over there, I dont like him."

No answer.

"I dont like the one who's not the Breton—not the old one, the *young* one."

The cabdriver looks away at a new development in front of the railroad station,

à bout de rouleau, je suis allé m'asseoir au milieu des chauffeurs de taxis de la station voisine, sur le petit rebord de pierre. — Tout d'un coup, une féroce empoignade verbale éclate entre deux chauffeurs : un Breton corpulent aux yeux bleus, et un autre, à fines moustaches, un Espagnol ou, je suppose, un Algérien ou peut-être un Provençal. J'entends crier : «Viens-y, si tu veux la ramener, vas-y *commence*» (c'est le Breton) et le plus jeune, le moustachu, réplique «Rrrratratratra!» (querelle à propos de leur place dans la file de taxis, et quand je pense que quelques heures plus tôt, j'ai pas pu trouver une seule voiture dans la Grande Rue). — À cet instant précis, j'étais assis sur le rebord du trottoir, regardant la progression d'une 'tite chenille dont le sort, bien sûr, m'intéressait particulièrement; alors je dis au premier chauffeur de la file :

«Et d'abord, bon Dieu, *roulez*, roulez en ville, à la recherche des clients, restez pas en carafe, auprès de cette gare morte, y a peut-être un Évêsque qui veut monter, après une rapide visite à un donateur de l'église.

— Bah, c'est-à-dire que le syndicat, etc.

— Vous les voyez ces deux fils de pute qui se chamaillent là-bas. Je n'aime pas ce type-là. »

Pas de réponse.

«J'aime pas celui qu'est pas breton, pas le vieux, le *jeune.* »

Le chauffeur de taxi se détourne pour assister à un autre épisode qui se déroule en face de la gare :

which is, a young vesperish mother toting an infant in her arms and a non-Breton hoodlum on a motor-cycle coming to bring a telegram almost knocking her down, but at least scaring the heart out of her.

"That," I say to my Breton Brother, "is a *voyou*" (hoodlum)—"Why did he do it to that lady and her child?"

"To attract all our attention," he practically leered. He added : "I have a wife and kids on the hill, across the bay you see there, with the boats..."

"Hoodlums are what gave Hitler his start."

"I'm first in line in this cab stand, let them fight and be hoodlums all they want—When the time comes, the time comes."

"Bueno," I said like a Spanish pirate of St. Malo, *"Garde ta campagne."* (Guard your countryside).

He didnt even have to answer, that big corpulent 220-pound Breton, first in line on the cab stand, his eyes himself would sclowber scubaduba or any-thing else they wanta throw at 'im, and O most bullshit Jack, the people are not asleep.

And when I say "the people" I dont mean that created-in-the-textbook mass first called at me at Columbia College as "Proletariat," and not now called at me as "Unemployed Disenchanted Ghetto-Dwelling Misfits," or in England as "Mods and Rods,"

une jeune mère vespérale portant un petit enfant dans ses bras et un voyou non breton à motocyclette, un porteur de télégramme, qui manque de la renverser ; en tout cas, il réussit à la faire mourir d'épouvante.

« Ça, dis-je à mon frère breton, ça, c'est un *voyou*. Pourquoi il a fait ça à cette femme et à son enfant ?

— Pour attirer toute notre attention », dit-il, l'œil égrillard. Et il ajoute : « J'ai une femme et des gosses sur la colline, de l'autre côté de la rade, vous voyez, là, où il y a les bateaux…

— Les voyous, c'est eux qui ont permis à Hitler de démarrer.

— Je suis le premier de la file, dans cette station, alors ils peuvent bien se battre et jouer aux voyous autant qu'ils voudront. — Quand l'heure viendra, elle viendra.

— *Bueno*, dis-je à la manière d'un pirate de Saint-Malo. *Garde ta campagne.* »

Il n'a même pas eu à répondre, ce gros Breton corpulent de 220 livres, premier de la file à la station de taxis ; il aurait foudroyé du regard les scoubizoukas ou autres projectiles que lui auraient lancés les gens, eh oui, Ô Jack de la broutille, ils ne sont pas en train de dormir, les gens.

Et quand je dis « les gens » je ne parle pas de la masse des manuels scolaires, celle qu'on me désigna, pour la première fois, à Columbia College, sous le terme de « Prolétariat », et qu'on ne me présente pas maintenant comme les « *Misfits*[1] des Ghettos, les Chômeurs désenchantés », ou en Angleterre, les « *Mods* » et les « *Rods* » ;

1. *Misfits* : les désaxés ; *misfit* : marginal, inadapté.

I say, the People are first, second, third, fourth, fifth, sixth, seventh, eighth, ninth, tenth, eleventh and twelfth in the cabstand line and if you try to bug them, you may find yourself with a blade of grass in your bladder, which cuts finest.

35

The conductor sees me with my feet on the other seat and yells *"Les pieds a terre!"* (Feet on the ground!) My dreams of being an actual descendant of the Princes of Brittany are shattered also by the old French hoghead blowing at the crossing whatever they blow at French crossings, and of course shattered also by that conductor's enjoinder, but then I look up at the plaque over the seat where my feet had been :–

"This seat reserved for those wounded in the service of France."

So I ups and goes to the compartment next, and the conductor looks in to collect my ticket and I say "I didnt see that sign."

He says "That's awright, but take your shoes off."

This King will ride second fiddle to anyone so long's he can blow like my Lord.

je dis moi, les gens ce sont les premier, deuxième, troisième, quatrième, cinquième, sixième, septième, huitième, neuvième, dixième, onzième, et douzième de la file de taxis de la station, et si vous essayez de leur chauffer la bile, vous risquez de vous retrouver avec une lame dans la vessie, la lame d'un brin d'herbe, tranchante à souhait.

35

Le contrôleur voit mes pieds sur l'autre banquette, il crie : *« Les pieds à terre ! »* Ils sont anéantis les rêves qui faisaient de moi un vrai descendant des princes de Bretagne ; par la faute du vieux Français à tête de porc qui souffle au passage à niveau ; dans quoi souffle-t-on et pourquoi, aux passages à niveau français, Dieu seul le sait ! et, naturellement, aussi, par cette injonction du contrôleur ; mais ensuite je lève la tête et je vois, sur la plaque surmontant la banquette où j'avais mis les pieds :

« Banquette réservée aux mutilés de guerre. »

Debout, donc, et en route pour le compartiment voisin ! Quand le contrôleur se pointe pour vérifier mon billet, je dis : « Je l'avais pas vu, l'écriteau.

— C'est rien, dit-il. Mais enlevez vos chaussures. »

Ce roi devra toujours se contenter de jouer les seconds violons, tant qu'il saura souffler comme mon Seigneur.

And all night along, alone in an old passenger coach, Oh Anna Karenina, O Myshkin, O Rogozhin, I ride back St. Brieuc, Rennes, got my brandy, and there's Chartres at dawn—
    Arriving in Paris in the morning.
    By this time, from the cold of Bretagne, I got big flannel shirt on now, with scarf inside collar, no shave, pack silly hat away into suitcase, close it again with teeth and now, with my Air France return trip ticket to Tampa Florida I'se ready as the fattest ribs in old Winn Dixie, dearest God.

In the middle of the night, by the way, as I marveled at the s's of darkness and light, a mad eager man of 28 got on the train with an 11-year-old girl

Et toute la nuit, tout seul, dans un vieux wagon de voyageurs, oh, Anna Karénine, Ô Mychkine, Ô Rogozhine[1], je repasse à Saint-Brieuc, à Rennes, où je me procure du cognac; et voici Chartres à l'aube...

Arrivée à Paris dans la matinée.

À ce moment, à cause du froid régnant en Bretagne, je porte une grande chemise en flanelle, avec un foulard à l'intérieur du col; je ne suis pas rasé; je fourre mon ridicule chapeau dans la valise que je referme avec les dents, et maintenant, avec mon billet de retour Air France pour Tampa, Floride, me voilà[2] aussi prêt que les plus grosses côtelettes chez Winn Dixie[3], Dieu très cher.

37

Au milieu de la nuit, au fait, comme je fixais un œil émerveillé sur les S de l'ombre et de la lumière, un homme de vingt-huit ans, plein de fougue et d'ardeur, est monté dans le train avec une fillette de onze ans;

1. *Anna Karénine* : roman de Tolstoï; Mychkine, Rogozhine : personnages de *L'Idiot* de Dostoïevski.
2. *I'se* : *I was as.*
3. Chaîne de supermarchés.

and escorted her gainingly to the compartment of the wounded, where I could hear him yelling for hours till she gave him the fish eye and fell asleep on her own seat alone—*La Muse de la Départment* and *Le Provinçial à Paris* missed by a coupla years, O Balzac, O in fact Nabokov… (The Poetess of the Provinces and the Hick in Paris.) (Whattayou expect with the Prince of Brittany a compartment away?)

38

So here we are in Paris. All's over. From now on I'm finished with any and all forms of Paris life. Carrying my suitcase I'm accosted at the gates by a cab-hawk. "I wanta go to Orly" I say.

"Come on!"

"But first I need a beer and a cognac across the street!"

"Sorry no time!" and he turns to other customers calling and I realize I might as well get on my horse if I'm gonna be home tonight Sunday night in Florida so I say :—

"Okay. *Bon, allons.*"

He grabs my bag and lugs it to a waiting cab on the misting sidewalk.

et il l'a escortée d'un air conquérant, jusqu'au compartiment des mutilés où je l'ai entendu brailler pendant des heures, jusqu'au moment où elle a tourné vers lui des yeux inexpressifs de poisson mort, et s'est endormie sur sa banquette, seule.
— *La Muse de la Départment* et *le Provinçial à Paris*, raté à quelques années près, Ô Balzac, Ô, en fait, Nabokov… (Kékvoucroyez, avec le Prince de Bretagne à un compartiment de là ?)

38

Nous voici donc à Paris. Tout est terminé. Dorénavant, c'en est fini pour moi de toutes les formes possibles de la vie à Paris. Portant ma valise, je suis accosté aux portillons par un rabatteur qui travaille pour les taxis :

«J'veux aller à Orly, je dis.

— Venez par ici.

— Mais d'abord, il me faut une bière et un cognac, là-bas, en face.

— Désolé, pas le temps», et il s'en va vers d'autres clients en les interpellant et je comprends que je pourrais aussi bien enfourcher mon cheval si je tiens vraiment à arriver chez moi, ce dimanche soir, en Floride. «O.K. *Bon, allons*», dis-je.

Il empoigne ma valise et la porte avec difficulté vers un taxi qui attend dans la brume, le long du trottoir.

A thin-mustached Parisian cabdriver is packing in two ladies with a babe in arms in the back of his hack and meanwhile socking in their luggage in the compartment out back. My fella socks my bag in, asks for 3 or 5 francs, I fergit. I look at the cabdriver as if to say "In front?" and he says with head "Yeah."

I say to myself "Another thin nosed sonumbitch in *Paris-est-Pourri* shit, he wouldnt care if you roasted your grandmother over coals long as he could get her earrings and maybe gold teeth."

In the front seat of the little sports taxi I search vainly for an ashtray at my righthand front door. He whips out a weird ashtray arrangement beneath the dashboard, with a smile. He then turns to the ladies in back as he zips through that six-intersection place right outside Toulouse-Lautrec's loose too-much and pipes :–

"Darling little child! How old is she?"

"Oh, seven months."

"How many others you have."

"Two."

"And that's your, eh, Mother."

"No my aunt."

"I thought so, of course, she doesn't look like you, of course with my uncanny whatnots

Le chauffeur, un Parisien à fine moustache, est en train d'entasser deux dames, avec un bébé dans les bras à l'arrière de son taxi, et pendant ce temps il range leurs bagages dans le coffre arrière. Mon compagnon fourre ma valise avec le reste et me demande trois ou cinq francs, sais plus[1]. Je regarde le chauffeur, comme pour lui demander : «À l'avant?», et il dit, de la tête : «Ouais.»

Je me dis : «Encore un fils de pute[2] au nez crochu, dans cette ordure du *Paris-est-Pourri*; s'en foutrait bien qu'on lui rôtisse sa grand-mère sur la braise, du moment qu'il puisse récupérer ses boucles d'oreilles, et peut-être son râtelier en or.»

Assis sur la banquette avant de cette petite voiture de sport, je cherche vainement un cendrier à ma main droite, du côté de la portière. Il sort en souriant un étrange accessoire, destiné à recueillir cendre et mégots, de sous le tableau de bord. Puis il se tourne vers les dames installées à l'arrière, au moment où il traverse le carrefour aux six rues, devant l'établissement où Toulouse-Lautrec fit trop la noce, et lance d'une voix flûtée :

«Qu'il est mignon, ce chéri! Quel âge a-t-il?

— Oh, sept mois.

— Combien vous en avez encore?

— Deux.

— Et là, c'est votre, euh, votre mère?

— Non, ma tante.

— C'est bien ce que je me disais aussi, naturellement, vous ne lui ressemblez pas, bien sûr, avec mes suppositions à la noix!

---

1. *Fergit* : *forgot.*
2. *Sonumbitch* : *son of a bitch.*

—In any case a delightful child, a mother we need speak no further, *of*, and an aunt make all Auvergne rejoice!"

"How did you know we were Auvergnois?!"

"Instinct, instinct, since I am! How are you there, feller, where going?"

"Me?" I say with dismal Breton breath. "To Florida" (*à Floride*).

"Ah it must be beautiful there! And you, my dear aunt, how many children did you have?"

"Oh—seven."

"Tsk, tsk, almost too much. And is the little one giving you any trouble?"

"No—not a mite."

"Well there you have it. All's well, really," swinging in a wide 70-m.p.h.-arc around the Sainte Chapelle where as I said before the piece of the True Cross is kept and was put there by St. Louis of France, King Louis 9th, and I said :–

"Is *that* la Sainte Chapelle? I meant to see it."

"Ladies," he says to the back seat, "you're going where? Oh yes, Gare St. Lazare, yes, here we are— Just another minute"—Zip—

"There we are" and he leaps out as I sit there dumbfounded and blagdenfasted and hauls out their suitcases, whistles for a boy, has them whisked off baby and all, and leaps back into the cab alone with me saying : "Orly was it?"

"Aye, *mais*, but, *Monsieur*, a glassa beer for the road."

"Bah—it'll take me ten minutes."

— En tout cas, c'est un enfant adorable, quant à la mère, inutile d'en dire davantage, et la tante, elle, a de quoi combler d'aise l'Auvergne tout entière.

— Comment savez-vous que nous sommes auvergnates ?

— L'instinct, l'instinct, y a rien de tel ! Et vous l'ami ? Où vous allez ?

— Moi ? fis-je avec un lugubre soupir breton, *à Floride*.

— Ah, ça doit être beau là-bas ! Et vous, ma chère tante, combien d'enfants vous avez eus ?

— Oh… sept.

— Tsss, c'est presque trop. Et le petit, il vous donne du mal ?

— Non, pas une miette.

— Bon, nous y voilà. Tout va bien, vraiment », il décrit à 100 km/h un grand arc de cercle devant la Sainte-Chapelle là où, comme je l'ai dit déjà, on conserve un morceau de la Vraie Croix, déposé en ces lieux par Saint Louis de France, le roi Louis IX, et je m'écrie :

« C'est *ça*, la Sainte-Chapelle ? J'avais l'intention de la visiter.

— Mesdames, dit-il à la banquette arrière, vous allez où ? Oh oui, gare Saint-Lazare, oui, nous y sommes, encore une minute. » — Et en avant…

« Nous y voilà », et il bondit à terre ; et moi j'en suis tout ahuri et confondu ; il sort les valises, siffle un porteur, fait sortir rapidement les dames, avec le bébé et tout, et saute de nouveau dans le taxi, seul avec moi, en disant : « Orly, s'pas ?

— Oui, *mais, Monsieur*, un verre de bière, pour la route.

— Bah, ça va prendre dix minutes.

"Ten minutes is too long."

He looks at me seriously.

"Well, I can stop off at a cafe on the way where I can double park and you throw it down real fast 'cause I'm working this Sunday morning, ah, Life."

"You have one with me."

Zip

"Here it is. Out."

We jump out, run into this cafe thru the nowrain, and duck up to the bar and order two beers. I tell him :–

"If you're in a real hurry I'll show you how to chukalug a beer down!"

"No necessity," he says sadly, "we have a minute."

He suddenly reminds me of Fournier the bookie in Brest.

He tells me his name, of Auvergne, I mine, of Brittany.

At the spot instant when I know he's ready to fly I open my gullet and let a halfbottle of beer fall down a hole, a trick I learned in Phi Gamma Delta fraternity now I see for no small reason (holding up kegs at dawn, and with no pledge cap because I refused it and besides I was on the football team), and in the cab we jump like bankrobbers and ZAM !

— Dix minutes, c'est pas si long. »

Il me lance un regard empreint de gravite.

« Bon, je peux m'arrêter devant un café, sur notre route, là où je pourrai me garer en double file ; vous l'avalerez à toute vitesse parce que je travaille ce dimanche matin ; ah, la vie !

— Prenez-en une avec moi. »

Et roulez.

« Nous y voilà. Descendez. »

Nous bondissons au-dehors, courons au café, sous la pluie qui tombe maintenant, et filons au comptoir où je commande deux bières. Je lui dis :

« Si vous êtes vraiment pressé, je vais vous montrer comment siffler[1] un demi d'un seul trait.

— Pas la peine, dit-il, d'un ton mélancolique, nous avons une minute. »

Il me fait soudain penser à Fournier, le « book » de Brest.

Il me dit son nom auvergnat, moi le mien, de Bretagne.

Au moment précis où je vois qu'il est prêt à partir, j'ouvre en grand mon gosier et je laisse tomber une demi-bouteille de bière par le trou, un truc que j'ai appris à la confrérie Phi Gamma Delta[2] et je m'aperçois maintenant que ce n'était pas sans raison valable (on descendait des bières pression, à l'aube, et sans ma casquette de membre parce que je ne le voulais pas, et d'une ; et de deux, je jouais dans l'équipe de football) ; et nous sautons dans la voiture comme des gangsters qui viennent de dévaliser une banque et ZAM !

1. *Chukalug* : *chug-a-lug*, boire d'un trait.
2. Confrérie d'étudiants.

we're going 90 in the rain slick highway to Orly, he tells me how many kilometers fast he's going, I look out the window and figure it's our cruising speed to the next bar in Texas.

We discuss politics, assassinations, marriages, celebrities, and when we get to Orly he hauls my bag out the back and I pay him and he jumps right back in and says (in French): "Not to repeat myself, me man, but today Sunday I'm working to support my wife and kids—And I heard what you told me about families in Quebec that had kids by the twenties and twenty-fives, that's too much, that is—Me I've only got two—But, work, yes, yowsah, this and that, or as you say Monsieur thissa and thatta, in any case, thanks, be of good heart, I'm going."

"Adieu, Monsieur Raymond Baillet," I say.

The satori taxidriver of page one.

When God says "I Am Lived," we'll have forgotten what all the parting was about.

on roule à 130 sous la pluie sur la grand-route bien lisse qui mène à Orly ; il me dit à combien de kilomètres nous roulons ; je regarde par la vitre et je m'imagine que c'est notre vitesse de croisière, pour nous rendre au prochain bar, dans le Texas.

Nous discutons politique, assassinats, mariages, célébrités, et quand nous arrivons à Orly, il sort ma valise du coffre et je le paie ; d'un bond, il retourne au volant et dit : « J'voudrais pas m'répéter, mon vieux, mais aujourd'hui dimanche, je travaille pour nourrir ma femme et mes gosses. — Et j'ai entendu ce que vous m'avez dit de ces familles de Québec qui ont jusqu'à vingt ou vingt-cinq gosses, c'est trop, ça oui. — Moi, j'en ai que deux. — Mais je travaille, oui, je vous le dis, ceci et cela ; ou comme vous le dites si bien, Monsieur, et pis ci et pis ça ; en tout cas merci, portez-vous bien, moi, je m'en vais.

— Adieu, monsieur Raymond Baillet », dis-je.

Le chauffeur de taxi de la page un, cause du satori.

Quand Dieu dira : « Je suis vécu », nous aurons tous oublié à quoi rimaient toutes ces séparations.

DU MÊME AUTEUR

Dans la collection Folio Bilingue

LE VAGABOND SOLITAIRE (CHOIX) / LONESOME
TRAVELER (SELECTED STORIES) *Traduction de Jean
Autret. Traduction révisée, préface et notes de Yann Yvinec* (nº 81).

Dans la collection Folio

LES ANGES VAGABONDS (nº 457).

BIG SUR (nº 1094).

LES CLOCHARDS CÉLESTES (nº 565).

DOCTEUR SAX (nº 2607).

SATORI À PARIS (nº 2458).

LES SOUTERRAINS (nº 1690).

SUR LA ROUTE (nº 766).

LE VAGABOND SOLITAIRE (nº 1187).

VRAIE BLONDE, ET AUTRES (nº 3904).

LE VAGABOND AMÉRICAIN EN VOIE DE DISPARI-
TION, *précédé de* GRAND VOYAGE EN EUROPE (Folio
2 € nº 3965).

DANS LA MÊME COLLECTION

ANGLAIS

TCHEKHOV *Палата N° 6* / Salle 6
TOLSTOÏ *Дьявол* / Le Diable
TOLSTOÏ *Смерть Ивана Ильича* / La Mort d'Ivan Ilitch
TOLSTOÏ *Крейцерова соната* / La sonate à Kreutzer
TOURGUENIEV *Первая любовь* / Premier amour
TOURGUENIEV *Часы* / La montre
TYNIANOV *Подпоручик Киже* / Le lieutenant Kijé

ITALIEN

BARICCO *Novecento. Un monologo* / Novecento : pianiste. Un monologue
BASSANI *Gli occhiali d'oro* / Les lunettes d'or
BOCCACE *Decameron, nove novelle d'amore* / Décameron, neuf nouvelles
  d'amour
CALVINO *Fiabe italiane* / Contes italiens
D'ANNUNZIO *Il Traghettatore ed altre novelle della Pescara* / Le passeur
  et autres nouvelles de la Pescara
DANTE *Divina Commedia* / La Divine Comédie (extraits)
DANTE *Vita Nuova* / Vie nouvelle
DE LUCA *Non ora, non qui* / Pas ici, pas maintenant
GOLDONI *La Locandiera* / La Locandiera
GOLDONI *La Bottega del caffè* / Le Café
MACHIAVEL *Il Principe* / Le Prince
MALAPARTE *Il Sole è cieco* / Le Soleil est aveugle
MORANTE *Lo scialle andaluso ed altre novelle* / Le châle andalou et autres
  nouvelles
MORAVIA *L'amore conjugale* / L'amour conjugal
PASOLINI *Racconti romani* / Nouvelles romaines
PAVESE *La bella estate* / Le bel été
PAVESE *La spiaggia* / La plage
PIRANDELLO *Novelle per un anno I (scelta)* / Nouvelles pour une année ı
  (choix)
PIRANDELLO *Novelle per un anno II (scelta)* / Nouvelles pour une
  année II (choix)
PIRANDELLO *Sei personaggi in cerca d'autore* / Six personnages en
  quête d'auteur

PIRANDELLO *Vestire gli ignudi* / Vêtir ceux qui sont nus
SCIASCIA *Il contesto* / Le contexte
SVEVO *Corto viaggio sentimentale* / Court voyage sentimental
VASARI/CELLINI *Vite di artisti* / Vies d'artistes
VERGA *Cavalleria rusticana ed altre novelle* / Cavalleria rusticana et autres nouvelles

ESPAGNOL

ASTURIAS *Leyendas de Guatemala* / Légendes du Guatemala
BORGES *El libro de arena* / Le livre de sable
BORGES *Ficciones* / Fictions
CALDERÓN DE LA BARCA *La vida es sueño* / La vie est un songe
CARPENTIER *Concierto barroco* / Concert baroque
CARPENTIER *Guerra del tiempo* / Guerre du temps
CERVANTES *Novelas ejemplares (selección)* / Nouvelles exemplaires (choix)
CERVANTES *El amante liberal* / L'amant généreux
CERVANTES *El celoso extremeño* / *Las dos doncellas* / Le Jaloux d'Estrémadure / Les Deux Jeunes Filles
COLLECTIF *Escritores Mexicanos* / Écrivains mexicains
CORTÁZAR *Historias inéditas de Gabriel Medrano* / Histoires de Gabriel Medrano
CORTÁZAR *Las armas secretas* / Les armes secrètes
CORTÁZAR *Queremos tanto a Glenda (selección)* / Nous l'aimions tant, Glenda (choix)
FUENTES *Las dos orillas* / Les deux rives
FUENTES *Los huos del conquistador* / Les fils du conquistador
GARCIA LORCA *Bodas de sangra* / Noces de sang
GARCIA LORCA *Mi pueblo y otros escritos* / Mon village et autres textes
RULFO *El Llano en llamas (selección)* / Le llano en flammes (choix)
UNAMUNO *Cuentos (selección)* / Contes (choix)
VARGAS LLOSA *Los cachorros* / Les chiots

PORTUGAIS

EÇA DE QUEIROZ *Singularidades de uma rapariga loira* / Une singulière jeune fille blonde
MACHADO DE ASSIS *O alienista* / L'aliéniste

Composition Interligne.
Impression CPI Bussière
à Saint-Amand (Cher), le 4 juillet 2011.
Dépôt légal : juillet 2011.
1ᵉʳ dépôt légal dans la collection : septembre 2007.
Numéro d'imprimeur : 111677/1.
ISBN 978-2-07-034360-7./Imprimé en France.